ぼくたちと駐在さんの700日戦争
ベスト版　闘争の巻

ママチャリ／著

★小学館ジュニア文庫★

目次

1章　開戦 ……………………………………………………… 5
　　　前哨戦
　　　1回戦
　　　2回戦
　　　3回戦
　　　4回戦

2章　いきなり最終兵器 ……………………………… 27
　　　5回戦
　　　6回戦
　　　7回戦
　　　8回戦
　　　9回戦
　　　10回戦
　　　11回戦

3章　戦況拡大 ………………………………………… 65
　　　12回戦
　　　13回戦
　　　14回戦
　　　15回戦
　　　16回戦
　　　17回戦
　　　18回戦

4章　報復合戦 ……………………………………… 101
　　　19回戦
　　　20回戦
　　　21回戦
　　　22回戦
　　　23回戦

5章　俺が法律 ……………………………………… 129
　　　24回戦
　　　25回戦
　　　26回戦
　　　27回戦

6章　工作班 ………………………………………… 149
　　　28回戦
　　　29回戦
　　　30回戦
　　　31回戦
　　　32回戦

7章　団体戦 ………………………………………… 175
　　　33回戦
　　　34回戦
　　　35回戦

ぼくちゅう『悪戯の定義』

↓　↓　↓

1☞ 相手に怪我を負わせてはならない。

2☞ しかけられた相手も笑えなくてはならない。

3☞ 相手が弱者であってはならない。

4☞ 償いができないものは悪戯ではない。

＊＊＊　　　　＊＊＊

1章
開戦

ピピーーーーーーーー!!

全ては、この音で始まった。

前哨戦

◆駐在さんの攻撃『フツウに職務』

「あ‥‥‥ヤベ‥‥‥‥」
「ハイ〜〜。そこの原付〜、止まって〜〜」

　止められたのは、我らが西条くん。この春２年生になったばかり。
　止めたのは、我が町の駐在さん。この春に赴任されたばかりです。

「ゴクロウサマですぅ〜〜」
　素通りしようとする西条くんに、
「コラコラコラ！　止まれつってんだろ」
　俄然阻止する駐在さん。

「あれ？　おまわりさん。俺、なんかしましたか？」
　トボける西条くんに、
「した！」
　単刀直入な駐在さん。

　前の駐在とちがう‥‥‥‥（西条くん後日談）。

「キサマ、なんで素通りする!?」
「それが‥‥‥‥‥。俺のバイク、停車すると自動的に爆発するように仕掛けられてんスよ‥‥‥‥」

1章　開戦　　7

「ほぉ〜〜。誰に？」

「えっと〜〜。ソ連の秘密組織に」

「オマエ‥‥‥‥今、止まってるよな？」

「あ！　ホントだ！　おまわりさんは命の恩人です！　そいじゃっ！」

「待て待て待て‥‥‥‥」

　西条くん、逃亡に失敗。

　言い訳に少し無理がありました。

「原付、何キロだか知ってるよなぁ？」

「さァ〜？　90kgくらいじゃないスかぁ〜？」

　ふて腐れる西条くん。

「重さの話じゃねーよ」

「原付は30キロだから。オマエ、20キロオーバーな？」

「ということは、110kg（90kg＋20kg）‥‥」

「別にコッチはそれでもいいぞ？　イッパツ免取り（免許取消）だが」

「ウ‥‥‥‥‥‥」

　前の駐在とちがう‥‥‥‥（西条くん後日談）。

「その制服は‥‥‥‥そこの高校か？」

　もちろん答えられません。

　なぜなら、高校がバレると、学校からも処分されるからです。

「いや。この春からハーバードに留学してまして。ひさびさの里帰

りです」

「ほぉ。じゃ、とりあえず免許証とハーバードの学生証出せ」

「‥‥‥‥‥」

　薮蛇とはこのこと。
　普通の交通課の取り締まりなら、警察もわざわざ学校に通知したりはしませんが、町の駐在さんなら話はまったく別。
　つまり、絶体絶命です。

「えっと。名前は〜‥‥‥西条‥‥‥ん？　サイジョウ？　なんか聞いたことあんな？」

　そう。
　僕らは前任の駐在さんの時から、警察にはオナジミです。
　駐在所には、前任からの引き継ぎ書があり、そこに克明に記載されています。
　特に西条くんは、ここいらじゃ、その名轟く÷。

「あーー‥、俺、たまにカレーのCMとか出てるんで！　**ヒデキ、カンゲキ〜♪**」

「おぉ！　やっぱりそうだったか！　‥‥‥じゃ、ヒデキ！　ここにサインしてくれるか？」

「え‥‥‥‥」

　出されたのは交通違反キップ。

「えっと〜、そいじゃ〜、次のサイン会の時にでも‥‥‥‥‥」

「今がいいなァ〜。**なにせ現行犯だから**」

■前哨戦
　勝者＝駐在さん〔◎１勝◉０敗〕

1章　開戦　　9

1回戦

◆ぼくたちの攻撃『若さゆえの暴走』
①巻『序章：俺たちは風』より

「俺たち、捕まっちまうのかな・・・・・・・・・」

「捕まるわけがないさ・・・・・・・・・だって、俺たちは風なんだぜ。誰にも、捕まえられないさ・・・・・・・・」

　その時、俺たちは、確かに風になった。
　時速30キロの壁をめざして。

「俺たち、捕まっちまうのかな・・・・・・・・・」
「捕まるわけがないさ・・・・・・・・・だって、俺たち・・」

自転車だもん！

☜☞ ☜☞ ☜☞

「きったね〜〜！　国家権力はきたねぇぜ〜〜！」
　西条くんが、違反キップを手に、みんなの集まっているアジト教室に飛び込んで来たのは、そのわずか２時間前。

「なんだ、西条。また捕まったのか？」
「ああ・・・・・・・」
　怒りも冷めやらぬ西条くん。曰く、

10

「あんな下り坂でレーダーやられたら、捕まるに決まってんだろうがよ！」

　そこは長い下り坂の途中。警察は、そういう場所を狙って、『ネズミ獲り』します（現代もエグいが、それよりはるかにエグかった）。
　彼にはそれが許せなかったのです。
　が……

「でも、西条。こないだも**同じとこ**で捕まってなかったか？」

「ウ…………！」
　そう。西条くんは、**まったく同じ場所**で捕まっています。それも２度も！

「そら、西条に学習能力ないんだって」
「ウン。はっきし言って西条がバカだ」「アホだ」「死んだほうがいい」「と言うか死ね」
　西条くんに非難が集中！
　それでも、違反キップを切られなかったのは、前任の駐在さんがとってもいい人で、『君らにはなるだけ関わりたくない』と、言っていたからにほかなりません（㉓巻ほか）。

「と、とにかく。俺は一矢報いないと気がすまねぇ！」
「お？　西条。『一矢報いる』とか、難しい言葉知ってんじゃん」
「ぁあ？　バカにすんなよ？」
　でも、

「一糸まとわぬ女、とか言うだろが！」

　それ『いっし』が違う………。

1章　開戦　11

なにゆえ「女」限定……？　確かに男にはあまり使いませんが。

　そう。西条くんとは、脳細胞の７割が「スケベ」のために活動しているような男。右脳も左脳もスケベです。
　このことが、後々まで僕たちの「活動」に影響を及ぼすわけですが（全巻）。

　ともかく。
　警察に『一糸むくいる』ことになりました。

☞　☞　☞

その時、俺たちは、確かに風になった。
時速30キロの壁をめざして。

　それは、「逆襲」というよりも、むしろ「実験」に近いものでした。

テーマ『自転車はレーダー測定で捕まるか？』

「捕まるわけないさ……」………なぜなら、自転車には、自分の速度を知るためのスピードメーターも、そもそも減点される免許もないからです。

　科学にやたら詳しい森田くんによれば、「自転車も金属である限りは、レーダーのマイクロ波を反射する」のだそうで、「そもそもレーダーによる速度測定装置は、ドップラー効果による‥（以下、長いので略）」

　つまり、あくまで科学的実験であり、
「ああ〜。あの駐在の悔しがる顔が目に浮かぶ〜♪」

やましいところは、微塵もありません。

第一走者は、我々の中では高速度を誇る村山くん！
彼は、陸上部にも所属したことがあるスプリンターで、我々の独自測定（バイクと並走）では、なんと**時速58キロ**をマーク！
測定地は、30キロ制限ですので、

「**らくらくスピードオーバー**じゃん！」
「これなら**違反間違いなし**だぜ！」
「**30キロオーバーも夢**じゃないぜ！」
その驚異的な記録に、我々は狂喜しました。

「つーことで、第1のコーーース！　村山選手〜〜〜〜」
「え‥‥‥僕が最初‥‥‥‥？」
いまだ加担をしぶる内気な村山選手を

パチパチパチパチパチパチパチパチ！

全員の盛大な拍手で無理矢理送り出し、実験開始！

後方から、警察が測定対象にしそうな自動車がやって来たと同時、
「**村山！　いっけーーーーーーーーーーー！**」

村山選手、発進！

村山くんのロードマン（ブリヂストンのスポーツ自転車）は、矢のごとく、一直線にレーダー測定に向かっていきました！
「村山はえ〜〜〜〜〜〜〜〜〜〜〜！」
時速20キロオーバーはしているであろう自動車が、まったく追いつけません！

1章　開戦　13

そのままの勢いでレーダー測定器前を通過ーーーーー！

結果。

村山選手は捕まりませんでした。

後ろから来た測定対象も、なんなく通過。捕まることはありませんでした。警察官を兄に持つ千葉くんによれば、

「レーダー照射は連続してはできない」らしく、したがって、後ろから来た測定対象も、無条件でスルー。

考えようによっては、その運転手の点数と財産を守ったことになるわけで、

「いいことをした後は気持ちいいなぁ～」

「ホントだなぁ～」

感慨にふけってさえおりました。

やがて裏道を抜けて、村山選手帰還。

「どうだったどうだった？」

「なんか声かけられたけど‥‥‥‥」

え！

「でも、無視してきた‥‥‥‥」

「ふむぅ～‥‥」ビミョウな結果。

ならば、

「よし！　次行こう！」

どっちにしろ、全員走るつもりでしたけど。

「次の走者～。第1コース、千葉選手～。第2コース、久保選手～」

「おお！」「まかせろ！」

「次、オレ行く！」

当初の目的はどこへやら。

14

もう楽しくって楽しくってしょうがない！
若いって幸せです。

　走り終えた者は、裏道を通って戻って来るので、ほぼ無制限ループ。

「次〜〜〜〜〜〜〜〜〜〜〜〜〜〜♪」

□１回戦
　勝者＝ぼくたち〔◎１勝◉１敗〕

2回戦

◆駐在さんの攻撃『フツウに職務（2）』
①巻『序章：俺たちは風』より

　それぞれの報告は、やっぱり、
「おまわり出て来たぞ？」
「マジか！」

　定期的に全速力の自転車が走って来る、というのは、さすがに不自然。その間、自動車も1台も捕まりませんでしたから、相手もそろそろ僕らの「善意」に気づいていることでしょう。

「そろそろシオノギかな……」
「潮時だろ？」「ポポンＳかっ！」
　珍しいツッコミも入ったところで、作戦会議。

「何人出て来た？」
「1人だった」
「俺んときは2人」

　ふむぅ〜………。

　でも、コッチには「スピードメーターも、そもそも減点される免許もない」のですから。

「じゃぁ、捕まえきれない人数で行こう！」
「「「「「**おおーーーーーーーーーー！**」」」」」
　ということになりました。

16

総勢8名！
　この8名グループに、僕も入っておりました。
「え？　オマエも走んの？」と、西条くん。
「そりゃそうだろ」

「ダイジョブか？　ママチャリで」
　そうなのです。
　他のみんなは変速ギア付きのスポーツ車でしたが、僕だけは、家庭と家計の事情でママチャリでした。もちろん変速なんてありません。速く漕げば速く走り、遅く漕げば遅い。

　でも、

「がんばるっ！」

　ここは作戦の言い出しっぺとして、（こんな楽しそうな企画に）参加しないわけにはいかないでしょう。

　かくして

「ぬぉおおおおおおおおおおおーーー!!」

　もう、最後ですから遠慮はありません。
　みんな雄叫びをあげながらの全速力です！

「「「「うぉおおおおおーーーーーーーー!!」」」」

　これは、なんか感動的でさえありましたねぇ。『バニシング・ポイント*』と言いますか。太陽につっこむ『鉄腕アトム』の最終回とでも言いますか……。

1章　開戦　　17

燃え尽きる瞬間というのは、美しいものです。

この後に、予想外な「燃え尽きかたをする」のですが‥‥‥。

【＊バニシング・ポイント＝1971年のアメリカ映画。1台の車がひたすら暴走する米カーチェイス映画の元祖的作品。97年にリメイク版がつくられた】

我々は肝心なことを忘れておりました。
こっちが「作戦を協議できた」ということは、**相手も「対応を協議できる」**ということを。

「ぬぉおおおおおお‥‥‥‥‥‥お？」

バニシング・ポイント直前、ワラワラと、おまわりさんの群れが出てまいりまして、
「はい～～～～止まれ～～～～～～」
「止まれ」「止まれ」の大輪唱！
♪静かな湖畔の　♪静かな湖畔の　♪静かな湖畔の、状態です。

ヤベ～～～～～～～～～～‥‥‥

♪カコッ　♪カコッ　♪カコカコカコ‥‥

■2回戦
勝者＝駐在さん〔◎2勝◉1敗〕

3回戦

◆ぼくたちの攻撃『偽証』
①巻『序章：俺たちは風』より

　というわけで、8名中3名は逃亡に成功しましたが、5名はまんまと捕まってしまいましたとさ。
　良くも悪くも殿（最後尾）を走っていたママチャリの僕は、余裕で捕まりました。

　対応に当たられたのは、我が地区を担当する新任の駐在さん。
「オマエら。なにをそんなに急いでる」
　いわゆる「職質（職務質問）」？　です。
　が、なにしろ僕らには、

『スピードメーターも、そもそも減点される免許もない』

　のですから、気分はヘリウム。つまり心は軽やかです。

「いや〜〜、煮物の火かけっぱなしなもんですから〜〜〜」
　そりゃ急がなきゃダメですよね！
「キサマ、さっきもぶっ飛ばしてかなかったか？」
「あれは、別の煮物です」
　そりゃ別に急がなきゃダメですよね！

「じゃ、オマエは？」
「俺は、姉が出産予定で〜‥」
　孝昭くんは、**高校生の姉**を妊娠させました。
　これがあまりに画期的だったので、

1章　　開戦　　**19**

「ウチは、飼ってる犬が出産‥‥‥」
「うちはヤギ‥‥‥」
「亀が涙ながして‥」

　ナニ言ったっていいわけです。だって、僕らには、

『スピードメーターも、そもそも減点される免許もない』

　のですから！

　駐在さんはニコリともせず、
「とにかく、コッチ来い！」
「え‥‥‥でも、孝昭の姉ちゃんが涙ながして‥‥‥」
　亀と混じってるぞ？

「　来　い　っ‼　」

　めでたく本部ご招待‥‥‥‥。
　本部と言ったって、例の「屋根だけテント」で、まぁ運動会の本
部席みたいなもんでした。

「まぁ、そこに座れ」
　駐在さんの隣りには、いかにも上司っぽい年配の警察官が座って
おられましたので、ここで座ったら時間延長必至。
「なんでしょう？　僕ら、自転車で競走してただけですけど？　競
走しちゃいけない法律でもあるんですか？」

「いいから座れ」

「へいへい‥‥」「急いでんだけどな」「ああ、煮物の出産が心配だ」

だから混じってるぞ？

　すると、隣りの年配の警察官が、
「自転車は軽車両なんだよ。わかるか？」

　ブンブン。
　そんなこと考えて自転車乗ってるヤツはいません。

「したがって、法律も軽車両に準ずる！」

　え‥‥‥‥？

　つまり、自転車には、速度の上限はないが、速度規制があるとこ
ろでは、その速度に従わなくてはならない、というようなことのよ
うです。
　しかし、自転車には『スピードメーターも、そもそも減点される
免許もない』という、圧倒的自信に支えられておりました僕たちは、
依然ヘラヘラしておりまして、
「わかりました～～。以後、気をつけま～～す」
「んじゃ、帰っていいスか？」
「煮物の犬が出産してんスよ」「亀も」

　が、速度違反そのものは、警察にとっても、どーでもいいことな
のでした。つまり、事態は**道路交通法の範疇ではなかった**という
ことです。

「待て待て」
　勝手に席を立とうとする僕たちを引き止める駐在さん。

「え？　まだなにか？」「妊娠した犬が煮物つくって待ってんすけ

1章　開戦　21

ど？」

　そこに西条くんもいたものですから、
「キサマら。西高の生徒だよなぁあ？」
　バレバレ。
「いえ！　ボクら、早稲田大学ボート部の者です！」「ただ今、春の強化合宿中っス！」「押忍！」

ぶちっ!!

　駐在さんの毛細血管の切れる音が聞こえて来るかのようでした。

「逮捕！」

「「「「「へ‥‥‥？」」」」」

「早稲田がなんかしでかしたんですか？」「きっと前科があるんだな‥‥‥」「悪いやっちゃ。早稲田」

「ちがうわっ!!」

　逮捕理由。
「キサマらはなぁ、警察の公務である取り締まり行為を故意に邪魔してんだよ！」

「よって、16時20分！　公務執行妨害により逮捕！」

「「「「「**え〜〜〜〜〜〜〜〜〜〜‥‥‥！**」」」」」

22

□ 3回戦
　勝者＝駐在さん〔◎ 3勝● 1敗〕

4回戦

◆駐在さんの攻撃『通報』
①巻『序章：俺たちは風』より

まさかまさかの公務執行妨害！（←とっても罪が重い）
これには、さすがにみんな青ざめました。

「他にも逃げた仲間がいたよなあ？　アイツらも早稲田のボート部か？　ぁあ？」
「いえ‥‥‥‥彼らは駒澤のホッケー部‥‥‥‥‥」

ぶちぶちっ!!

駐在さんの大動脈の切断音が聞こえてくるようでした。

「この用紙に名前書け！」
　初めてお目にかかる『調書』です。
「でも‥‥‥駐在さんのお名前ぞんじあげないんで‥‥‥‥」
「オマエらの名前だっ!!　オマエらの!!」

「よーーし、書いたな。今、キサマらの学校に連絡するから。待ってろ」
「「「「「ええええええ‥‥‥‥‥‥」」」」」
「慶應にですか？」
「早稲田じゃなかったのか？」

　ところが、用紙を確認していたベテランおまわりさん、

24

「ん‥‥‥？『千葉』？」

　千葉くんの苗字は、この辺りでは珍しいものですから、

「ひょっとして、キミ。生活課の千葉クンの弟さんかね？」

　そう。前述のように千葉くんのお兄さん（以降、千葉兄）は警察官。言ってみれば彼らの同僚です。年はだいぶ下ですが。

　ひょっとして見逃してもらえるかも？

　コネクションは大事です！

「はい〜〜」

　が、

「そうか！　オマエ、千葉の弟なのか！」

　駐在さんも千葉兄はご存知の模様。

「よし！　オマエのアニキも呼んでやる！」

「えっ!?」

　予想を裏切り、物事は悪い方へ悪い方へ‥‥‥‥。

　その後、僕らはカッコよく言えば、駐在所に「移送」されて、本当に学校の先生まで呼び出されました。それほど重罪なんですね。『公務執行妨害』。（よい子のみなさんも気をつけましょう）

「どうも、当校の生徒が、とんだご迷惑を‥‥‥‥‥‥」

　平身低頭の先生。見ているだけでも気の毒です。

「おまわりさん。先生もこうおっしゃってることですし。ここはひとつ穏便に‥‥‥‥」

「アナタたちも謝りなさい!!」

　結局、処分は「学校にまかせる」ことになり、刑事罰としての

『公務執行妨害』はチャラになりました。が、処分をまかせるとまで言われては、学校としてもなにもしないわけにはいかず、僕たちは停学処分に。

　自転車で「停学処分」は、学校創立以来だそうです。

　駐在所を出る間際、駐在さんが僕に声をかけました。

「あ、そうだ。おい。ママチャリのオマエ」

「はい？　……僕ですか？」

　これ以降、駐在さん他、警察関係者からは、僕は『ママチャリ』と呼ばれることになるのですが、それは置いといて。

「オマエだけ、30キロ出てなかったから」

　へ〜〜〜。やっぱり測定できるんだ〜〜〜‥‥

　‥‥‥って、**違反してないじゃん！**

■４回戦
勝者＝駐在さん〔◎４勝◉１敗〕

2章
いきなり最終兵器

5回戦

◆駐在さんの先制攻撃『いきなり最終兵器』
①巻『第1章：宣戦布告』より

　学校創立以来の「自転車で停学」処分は、（なにしろ前例がないため）4日間。日曜日を含んでおりましたので、実質は3日間のみの停学。

　ただし、事前に速度違反もやらかしていた西条くんのみ、その分の「重加算税」が課せられ、1週間のバカンスをいただきました。

　停学も解けた月曜日。
　空も我々の**停学明けを祝うかのように**晴れ渡り、その青空の下、駆け抜けて行く自転車通学の少年たち。
　どこの田舎にも見ることのできる朝の風景です。

「ったくよ～、あのオマワリにはまいったよな」
「ああ。コモドドラゴンみたいなツラしやがって」
「今は爬虫類でも警察官になれるんだな」
　透き通るような空の下、警察官の陰口をたたきながら走る少年たち。
　どこの田舎にも見ることのできる朝の風景です。

　通学路の最終コーナーには、件の駐在所がありまして、よりにもよって、そこに立っておられました。誰って、コモドドラゴンが‥‥‥‥。
　が、僕たち若者には、相手の非はともかく、自分たちのやった事については水に流せる寛大さが備わっていますので、

2 章　いきなり最終兵器　　29

「「「**おはようございま～す！　おまわりさん**」」」

　だから、ホラ！
　こんなにさわやかにオアシス運動*。

【*オアシス運動＝当時の小学校で行われた挨拶啓蒙運動。**オ**ハヨ
ウ・**ア**リガトウ・**シ**ンデシマウトハナサケナイ・**ス**イマセン‥
‥‥‥の頭文字からそう呼ばれた。たぶん】

　それなのに、コモド駐在さんは、
「**ぁあ？**」
　なんでしょう？「ぁあ？」って挨拶は。

「オマエら。もう停学とけたのか」
「はぁ‥‥‥‥おかげさまで‥‥‥‥」
「**ケッ！　**学校もあめぇなあー」

　カッチーーーーーーン！

　さらには、
「２度とすんじゃねぇぞ。バカヤロウ」
　せっかく「水に流してやろう」と思ってたのに、このセリフ！

　ところが！
　そこに、駐在所の奥（居住部）から、この世のものとも思えぬ絶
世の美女が現れたのです！　もちろん人類（♀）。
　そのあまりの麗しさに、言葉も失っている我々の目前で、

「それじゃアナタ。わたしは、引っ越しのご挨拶回りに行ってまい
りますから‥‥‥‥」と人類（♀）。

30

アナタ～～～～???

「ああ、たのむな。加奈子」と爬虫類（♂）。

カナコ～～～～???

「え‥‥‥‥‥まさか‥‥‥‥」
「奥さん‥‥‥‥ですか？」

「そうだ！　文句あっか」

　あるに決まってるでしょーーーーー!!

　ということはーー‥‥‥
　この爬虫類が、こんな美女と毎晩『オアシス運動』!?

『夫婦のオアシス運動』とは、
〝オマエ‥‥‥〟
〝アナタ‥‥♡〟
〝シ■♡〟
〝ステキ♡〟
　という、高校生の我々にとっては、めくるめく想像の世界。

　僕たちに気づいた美人奥さんが、
「みなさん、おはようございます♡」
　その麗しい声でオアシス運動してくださったのに、
「オハ‥‥‥‥‥‥‥‥‥‥」
　もはや、ろくに声すら出せない僕たちです。

2 章　いきなり最終兵器　　**31**

その圧倒的敗北感！

「この子たちは？」
「ホラ。例の高校生どもだ。こないだ話したろ」
「ああーー‥‥‥‥自転車の？」
　しかも、夫婦円満のためのネタにされていたことまで判明！

　それから僕たちは、悔しさのエネルギーだけで、ペダルを漕いだのです。
「チッキショ〜〜〜〜〜〜〜〜〜!!」
「許せね〜〜〜〜〜〜〜〜〜〜〜!!」
　この「許せない」うちの９割が、「美人な奥さんがいる」ことに対してであることを、無言で理解しあえる僕たちでした。

「覚えてやがれ〜〜〜〜〜〜〜〜〜!!」
　人間、どこでどう恨みを買うか分からんもんです。

■５回戦
　勝者＝駐在さん**圧勝**〔◎５勝◉１敗〕

6回戦

◆ぼくたちの攻撃『勝ちどき』
①巻『第1章：宣戦布告』より

　こうして「闘う理由」ができた僕たちは、迅速でした。
　さっそく対策会議を開きまして、

　「自転車は軽車両でダメなんだからー、**徒歩**ならどうだろう？」
　この発想の豊かさ！

　「いや、徒歩ってオマエ…………」
　「だからさ。マイクロ波は金属に反射するわけだろ？」という、高
校生独自の中途半端な知識によりまして、翌日に全員金属物を持っ
て登校する、ということで申し合わせ、その日の作戦会議を終了。
　「雨ふったら？」
　「延期だな。雨天順延」
　「オヤツとかは？」「おこづかいは？」「バナナは？」
　「いや……。遠足じゃないんだよ…………」
　イマイチ不安は残りましたが。

　かくして翌日──────────。

　不安は的中。
　「みんな、持って来たか？」
　「弁当箱持って来た」
　「それは普段から持って来てるだろが！」
　「俺、スプーン」

2章　いきなり最終兵器　　33

「ユリ・ゲラー*かっ！」

【*ユリ・ゲラー＝1970年代、スプーン曲げで大超能力ブームを起こした（自称？）超能力者。近年になって、ポケモンの『ユンゲラー』が自分をモデルにしていると自ら裁判を起こし、再び話題になった】

「そうは言うけどよー。バス通とか汽車通（今で言う電車通）は、そんなデカい金属なんか持ってこれねぇぜ」と、久保くん。
「うーーーん‥‥‥‥」
　言えてます。
「‥‥‥‥‥つぅか、久保は自転車通だろ！」

　無理もありません。だって、教科書さえ持ってこない連中ですから。そんな余分な物おぼえてるハズがないのでした（哀）。

「オヤツは持って来た！」「俺もカルミン*」「俺、バナナ」
「だから遠足じゃないってのに‥‥‥」

【*カルミン＝明治製菓（現・明治）から発売されていたミント錠菓。発売開始はなんと大正10年。安価だったので、昭和の「遠足のオヤツ」の定番だったが、2015年3月、その長い歴史を閉じた】

　こういうとき頼りになるのは、普段から忘れ物をしない優等生です。
「井上は？」
　首席級・グレート井上くん。
「ああ、持って来たよ。千葉、運ぶの手伝ってくれない？」

怪力・千葉くんと２人がかりで運び込んで来たのは······

「「「「「おおお········！　グレート！」」」」」

なんと**鎧兜**！

「座敷に飾ってあった」
　家にそういう物があるってことが、そもそも驚きですが、
「これなら、歩くのに支障がないだろ？」
「「「さすが井上〜！」」」
　グレートです！

　そこへ、
「おい！　今日もやってるぞ！」と、報告が。

「弱ったな······」
　言うまでもなく、金属物の集まりが悪かったからです。
　しかたなく、「学校にあるもので間に合わせよう」ということになったのですが、学校にだって「レーダー測定に反応する物」なんてシリーズはないわけです。

「いや、ある。あるぞ！」
　着目したのは、ブラスバンド部が持つ金管楽器！

　さっそくブラスバンド部に協力を依頼（急襲）し、スーザホンやら、トロンボーン、シンバルなどを拝借（徴収）して、再びレーダー測定現場に集まりました。

　では、作戦を説明します。少し顔を寄せてください。

２章　いきなり最終兵器　　35

車が来ると、警察はレーダー照射を開始しますから、その時間を見計らい、測定器前を、金属を持って「実にまったりと通り過ぎる」というもの。

したがって、僕たちの狙いは、レーダー測定の阻止であり、前回の自転車よりも、あきらかな公務の妨害です。が、「ただ歩いているだけの**善良な歩行者**を捕まえられるはずがない」という、圧倒的な自信に支えられておりました。

作戦名『俺たちはカメ』。

♪ブォ～～～～～～～～～～～ン

スーザホンの「勝ちどき」を合図に行進開始！

先行は、シンバルの孝昭くんと、トロンボーンの千葉くん！

パレードには順番というものがあるのです。

もちろんアンカーは、グレート井上くんの鎧兜！　それ以外は考えられないでしょう。

もう「鎧武者がレーダー前を歩く」という姿を思い描くだけでも、笑みが溢れて来ます。

先頭。レーダー前で待機している孝昭くんたちに、

♪ブォ・ブォ～～～～～～～～～～～ン

車が来たぞ合図。明らかに制限速度をオーバーしています。

いよいよパレード開始です！

孝昭くん、ついにレーダー測定範囲に侵入！

……と、

♪ジャラ～～～～～～ン

　なんと孝昭くん。レーダー前でシンバルを打ち、測定器前で露骨に両手を広げました！

「あ、あのバカが・・・・・・・・・！」
　あんなことやったのでは、作戦はバレバレです！

　車は捕まりませんでした。
　つまり、「シンバルはレーダーのマイクロ波を反射する」ということです。なんの役にもたたない知識ですが。
　明らかなことは、またも「公務を妨害した」ということです。またも。

「馬鹿っ！　もどれ！」

♪ブォ・ブォ・ブォ～～～～～～ン

　スーザホンの「もどれ合図」に、慌てて身を翻すシンバル孝昭くんとトロンボーン千葉くん。

　そのはるか後方。
　なんか、猛烈な勢いで走って来るエリマキトカゲみたいなのが見えました。

　駐在さんです・・・・・・。

　ヤベ～～～～

2章　いきなり最終兵器　　37

□6回戦
　引き分け　ぼくたち〔◎１勝●５敗△１分〕駐在さん

7回戦

◆ぼくたちの攻撃『敵地侵入』
①巻『第1章：宣戦布告』より

　スーザホンをかついだヤツとか、鎧兜を着ているヤツが身軽な警察官の追手を逃れられるはずもなく。散々な結果に終わった『俺たちはカメ』作戦でしたが（①巻参照）、一応は「一糸むくいた」ことを、いまだ停学中の西条くんに報告にいきますと、

　「そっか〜・・・・・・・・・」
　　西条くんは、

　「とりあえず、その**美人奥さんが見たい！**」

　という煩悩のみの反応でした・・・・・・・・・。

　が、この時点で、本物「加奈子さん」を見たことがあるのは、あの場に立ち会った4名のみ。このため、他メンバー（プラス8〜10名ほどいる）からも、
　「お前らだけ見てズルいぜ！」「そうだ！　ズルい！」「死ぬほどズルい！」「死んで詫びろ！」
　　煩悩の共感。
　　見てズルいって・・・・・・・

「それじゃぁーーー」
　ってんで、
　『駐在さんの美人奥さんをひと目見ようツアー』企画決定！
　　パチパチパチパチパチパチ‥！

2章　いきなり最終兵器　39

西条くんの停学明けを待ち、さっそくツアー開催にこぎ着けました。「こぎ着ける」とは決して大げさではなく、これが容易でないわけです。

　なにしろ、駐在所というのは、駐在さんが駐在してるから駐在所なわけで、そこから駐在さんがいない駐在所、つまり駐在していない駐在所を狙わなければいけないのですから。

「ごめんくださ～い……」

「ごめんくださ～～～い。駐在さ～ん、いませんよね～？」

　駐在所に駐在さんがいるかどうかは、駐在所用のパトカーのシビックがあるかないかで、すぐに分かります。

　シビックパトカーがない＝警ら（パトロール）に出かけているのです。

　駐在さんがいない駐在所は、その奥さんが留守に当たります。ちゃんとその手当も出ており、駐在所の奥さんというのは準警察官みたいなものなのです。

　したがって、「パトカーがなく」∩「入り口の扉の鍵が開いている」＝奥さんが留守番している、ということ。

「旦那の留守を狙って来るって、なんか間男みたいだな～……」

と、西条くん。

「お前が、奥さん見たいって言ったからだろ？」

「いや、いい意味でだよ」

　いい意味での間男ってなんだ？

「ごめんくださ～～～～～い」

　いい意味での間男には、実は「留守」を狙った逆襲策があったの

40

です！
「見張ってろ！」
「誰を？」
　お前が間男なんですけど？
「いいから！」
　言うやいなや、西条くん。後ろ手に持っていた厚い書物を取り出すと、駐在さんの机の上に置きました。
　それは‥‥‥‥
『S◯ファン』という成人向け雑誌。成人の中でも、かなりコアな成人しか知らない**超エロ本**です！
　彼は、さらに「それなりのページ」をめくり、駐在さんが**さもさっきまで読んでいた**ような偽装を行いました。
　‥‥‥‥が、

「このページがいいかなぁ‥‥‥お、やっぱコッチの方が激しいか？　いや、やっぱりこの特集‥‥‥‥」
　いつの間にか、自分が読みふけっているのでした‥‥‥。

「西条！　早くしろ！　奥さん出て来るぞ!?」
「ちょっと待てって‥‥‥。お、このオネエちゃんの尻、あらためてタマンねぇ〜〜〜〜〜」
「あらためてる場合かっーーーーーー!!」

　"は〜〜〜い。どちらさま〜〜〜♡"

□ 7回戦
　勝者＝ぼくたち〔◎ 2勝● 5敗△ 1分〕

2章　いきなり最終兵器　　41

8回戦

◆駐在さんの攻撃『業務連絡』
①巻『第1章：宣戦布告』より

　この作戦は成功こそ収めたものの、彼は激しい後悔の念を伴うことになりました。
　奥さんが、彼の想定以上に「美人」でいい人だったからです。

「あーあ・・・・・・やるんじゃなかったなぁ・・・・・・・・・・・・」
「今さらなに言ってんだよ、西条・・・・・・」
　してしまったことを悔やんでも始まりません。

「・・・・・・もし見つかって、**俺が置いて来たなんて思われたらどうしよう？**」

　いや、思われたらって・・・・・・お前の案で、お前が置いて来たんだから！　事実とどこも違いませんから！
「あ。そうだ！　オマエも一緒にいたよな？」
「なんで人の所行にしようとする!?」

　過去を改竄する気満々の西条くんですが、それほどに美人だった、ということです。
　しかも、お人柄もよく、女子の多い我が校にあっても、あんな女性らしい女性には、お目にかかれません。いや、生涯でも二度出会えるかどうか・・・・・・。

「あーあ・・・・・・。やるんじゃなかったなぁ・・・・・・・・・・・・」
　すっかり落ち込む西条くん。

「もし、アレを参考にされたら‥‥‥‥‥あの奥さんに、あんなコトやこんなコト‥‥‥‥‥」

そっち!?

　この一件が、メンバーほぼ全員を「加奈子さんファン」にしたことは間違いありませんが、同時に、その旦那である駐在さんとの「確執」も確実なものになりました。

　翌朝――――。
　駐在所は学校の直前にあるので、どうしても通らざるをえません。
「また立ってやがる‥‥‥‥」
「まいったな‥‥‥‥」
　ちなみに主犯・西条くんは、汽車通なので、我々、自転車通とは別経路。

「お。来た来た！」
　うわ〜〜〜。待ち構えてやんの。
　それでも、
「「「「**オハヨウゴザイマス！　おまわりさん**」」」」
　今日も明るくオアシス運動！
「「「「**じゃ、サヨウナラ！**　おまわ‥」」」」
「待て待て」

「え‥‥‥‥まだなにか？」「僕たち、学校あるんですけど？」
「キサマらがいなくても、学校はあるから気にするな」
「はぁ‥‥‥‥‥」
　昨日の『○Mファン』がバレてることは疑う余地もありません。

「昨日訪ねて来たんだってな」

2章　いきなり最終兵器　43

「え？　ええ‥‥‥‥一度、正式に、お詫びをと思いましてー‥‥‥‥」
「フム。殊勝な心がけだな。ところで、あの本だが‥‥‥‥‥」
　キターーーーーーーーーーー!!

「‥‥‥あれ、オマエたちの忘れ物か？」

「いや‥‥‥あれはーー‥‥‥‥‥」
　横から警察官の弟でもある千葉くんが、
「拾ったんです！」
　即答！
「そ、そうそう。拾ったんで届けに‥‥‥」
「あ、そうか。そりゃ感心だな！」
「はい〜〜。でも、昨日は奥様しかいらっしゃらなかっ‥」

「じゃ、**届け出**書いてもらわないとな」

「はい？」
　エロ本の届け出？
　だって、西条くんのなのに？

「拾得物は、拾得物届というのを書いてもらわなくてはならん。**住民の義務**だ」
「いや〜〜〜‥‥‥」「じゃ、放課後、拾った本人よこしますから」
　ところが、
「いや。今、書いてけ。オマエら**逃げるから**」
　ク‥‥‥‥‥‥‥！

「でも、学校、遅刻しそうだし‥‥‥‥」
「学校には、本官から連絡しといてやるから大丈夫だ。警察に協力

44

しているのは遅刻にはならん！」（←本当）

　万事休す！

　ここはなんとしてでも回避しなくてはなりません。

「でも～……、拾った本人以外の届け出って、おかしいんじゃないですか？　委任状もない‥」

　遮るように駐在さん、

「そう言えば、**加奈子も君らに会いたがってたナァ～**。面白い生徒サン、とかって‥‥」

「「「**行きます！**」」」

　コラコラ！　勝手に答えるな！

────────駐在所内。

　思春期の煩悩を利用され、まんまと駐在所内に引き込まれてしまった僕たち。

「代表して、ママチャリのお前。書け！」

「はぁ………」

　表向き『拾得物の届け出』なのに、まるで供述書みたいな扱い。

「まず、そこに住所と氏名、な」

「はいはい…………」

　ふて腐れて、なるべくチンタラ書こうとしていると、その横で、

「今、学校に電話してやるからな」

　ジーコロロロ‥‥（ダイヤル式です）

「あー、もしもし。学校ですか？　そこの駐在所ですがーー……先日はどうもいろいろと」

2 章　いきなり最終兵器　　45

いろいろ、って僕たちのことでしょうか？
「‥‥‥ええ。それでですな。**奇しくもその生徒さん**がたが拾得物を届け出られておりまして‥‥‥ハイ‥‥‥‥」
奇しくも‥‥。僕たちのことのようです。

「‥‥‥‥それが**成人向け雑誌**なんですけどね」

あ？

「よし！　学校には連絡しといたぞ。もう大丈夫だ！」

「「「「**大丈夫じゃねぇーーーーーー!!**」」」」

エロ本の届け出なんてする高校生はいません。
生徒指導課の尋問は必至！

「あのー‥‥‥ところで奥さんはーー‥‥‥？」
「今、留守だ」
「「「え！」」」
「会いたがってるとは言ったが、いるとは言っとらん」

「「「**ええ〜〜〜〜〜〜〜‥‥‥‥‥**」」」

　くそぉ‥‥。こんなところで「ワザアリ」をとられてしまうとは。くやしい。

「いいから、さっさと書け。まず、ここに住所氏名」
「はいはい‥‥‥‥」
　もう、すっかりふて腐れてしまっていた僕ですが、言われた通りにするしかありません。

46

「うん、書いたな。次にな、拾得物の名前」
　と言って、西条の置いていった『○○ファン』を机の上に投げ出した駐在さん。
「え、それも僕が書くんですか？」
「決まりなんだからしょうがないだろう」
　く‥‥‥‥！

「まずな、雑誌『○○ファン』3月号。と」
「はい‥‥‥‥『○○ファン』3月号‥‥‥‥と‥‥‥‥」
　書いているそばから顔から火が出そうな思いでした。西条のバカヤロウ‥‥‥‥。
「次。その横にな、『特集　縄に××××する女たち』‥‥‥‥」
　はぁ？
「えー！　特集名まで書くんですか？」
「決まりなんだからしょうがないだろう」
「はぁ‥‥‥‥」
　決まりと言われてはしかたありません。
「とくしゅう‥‥‥‥なわに××××する、おんなたち‥‥‥‥と‥‥‥‥‥‥」

「よし。‥‥‥‥で。どこで拾ったって？」
「はい？」

■8回戦
　勝者＝駐在さん〔◎6勝●2敗△1分〕

2章　いきなり最終兵器　47

9回戦

◆ぼくたちの攻撃『物量作戦』
①巻『第1章：宣戦布告』より

案の定の『生徒指導室』——————。

「オマエ。今日、駐在所に拾得物を届けたんだそうだな？」
　生徒指導の工藤先生。
　届け出を書いたのは、僕名義なので、呼びつけられたのも僕です。
「はい……。でも、実際に拾ったのは西条で………」
「西条か。それなんだが………」

　でも、拾得物の届けは、拾ったものを届けたということですから、表向きは悪い行為ではありません。むしろ「善行」です。たとえそれがエロ本であったとしても！
　ここはそれで押し通すしかありません。

「なにか、いけませんでしたか？」
「うむ………。それなんだが。駐在さんが、届け出書をファックスしてくれてな」

　ファックス!?
　盲点でした！
（ファックスは1975年当時は、100万円くらいする高価なもので、公的機関に最も早く普及した）

「この、S○ナンチャラって本なんだが………」
「はい………」

「**同じ本の最新号**がここにある」

　は？
　なんで？

「こないだ、**西条から没収**したものだ」

　くぉおおおおおおお……！

「それと**同じ本を西条本人が拾って届け出る**とは……おかしいと思わんか？」
「そう………です、かね…………」
　西条のアホ〜〜〜〜〜〜〜〜〜（泣）。

「**西条**は、根は悪いヤツだが……」
　エラい言われようです。西条。
「こうした機転のきくことまでは、思いつかんヤツだ！」
「いや………」
　思いついたからやったんだと思うんですけど？
　スゴイ反省もしてましたし。

「**キサマ、なにを企んでるのか言えっ!!**」

　針のムシロの小１時間。

「**西条ォ〜〜〜〜〜〜〜〜〜!!**」

「そっか………」
　僕の報告を聞いた西条くんは、しばらく悩んでいましたが、悩み

2章　いきなり最終兵器　　49

抜いた第一声が、

「奥さんの手首に、縄の跡とかなかった？」

「会ってねーし！　そういう確認に行ったんじゃないし！」

「そっか‥‥‥‥。でも心配すんなって！」

　どこから来るのでしょう？　この最悪の事態に、西条くんのこの自信は？

「毎月とってるから。まだまだある」

「エロ本の在庫はこの際どうでもいいのっ！」

　定期購読してたのか‥‥‥‥『○Mファン』‥‥‥‥‥。

　それにしても‥‥‥‥

「今度の駐在。タダ者じゃないな‥‥‥‥」

「ああ。タダ者じゃない」

　みんな認めざるをえません。

　西条くんのみ、

「やっぱ、あの本はマズったか～？」

「『タダ者じゃない』は、**アブノーマルって意味じゃない**んだよ‥‥‥‥‥」

　警察官を兄に持つ千葉くん情報、

「なんかさーー、元族のアタマらしいよ」

「え！　貴族なのか？」「すげぇ！」

「いや‥‥‥‥貴族って、『族』とか略さないだろ」

　そもそも貴族に「アタマ」とか存在しません。

　言うまでもなく「暴走族」。

50

「そりゃ、手強そうだなぁ‥‥‥」
　けれども、相手が強ければ強いほど。
　手強ければ手強いほど。
　奥さんが美人なら美人なほど。（←最重要）
　燃え上がる若者たちの闘志！

「上等じゃねぇか！」

「お、西条。本気だな」
「ったりめぇだ！」

　で。その逆襲が、
「こうなったら全巻置いて来てやるっ！」
　高校生はその程度（哀）。

「‥‥‥あ。やっぱ１年分じゃダメ？」
　しかも、もったいなくなったようです（哀）。
「別に‥‥‥」「いいけどよ‥‥‥‥」「西条のだし‥‥‥」「１年分
もあれば十分だろ‥‥‥‥」

「よーし！　１年分12冊置いて来てやる！」
　だいぶ迫力に欠ける逆襲になりました。

「‥‥‥あ。一昨年のヤツでいいよな？」
「別に‥‥‥」「いいけどよ‥‥‥‥」「西条のだし‥‥‥」「たいし
て新しい意味ないし‥‥‥‥」

「よーし！　一昨年の１年分12冊置いて来てやる！」
　中３からとってたのか‥‥‥‥。筋金入り。

２章　いきなり最終兵器　　51

□ 9回戦

引き分け　ぼくたち〔◎2勝●6敗△2分〕駐在さん

10回戦

◆駐在さんの攻撃『精密攻撃』
①巻『2章：万引き疑惑』より

　というわけで、一昨年の『S〇ファン』1年分12冊を駐在所に潜ませ、
「これで奥さんとの関係に、少しでもヒビが入れば幸いです！」
「わはははは！」
　実質、これが僕たちの「宣戦布告」でした。

　メンバーが意気揚々と引き上げる中、
「ん？　西条、どうした？」
　またしても、西条くんだけが浮かぬ顔。
「いや～～～‥‥‥‥あん中でさぁ、1月号だけさぁ‥‥‥‥」

「‥‥‥‥バターとか塗っちゃってんだよね～」

「「「「バターぁ？」」」」

　ひと頃、そういった本の黒塗り部分が「バターで落ちる」という噂がまことしやかに囁かれました。もちろん、ガセだったのですが、
「それが、全ページなんだよね～～‥‥‥‥」

「「「「1ページダメなら諦めろよっ!!」」」」

「だったら11冊でよかったものを‥‥‥‥」
「え？　1年分そろえろって言ったのオマエらじゃん！」
「そりゃ‥‥‥‥言ったけどさ‥‥‥‥」

2章　いきなり最終兵器　　53

こうして、僕らの「宣戦布告」は、西条くんのおかげで、**とんだ恥さらし**なものとなりましたとさ。

それまで、僕たちには社会に対する「過信」がありました。

大人というものは、子供の所行に怒っても、せいぜい「厳重注意」。耳を塞いでいれば、なんなく通り過ぎていくものである、と。

ましてや警察官。法に触れない限りは、罰則を科せられることはない、と。

今回だって、なんら盗みをはたらいたわけでもなく、むしろ公的機関に**献本**してきたわけですから。

総額4200円！（『S○ファン』1冊の売価350円×12）西条バターによって、多少価値は落ちますが、人によっては大悦びでしょう。

法治国家ニッポンばんざい！

それがもろくも崩れ去ったのがこの日‥‥‥‥。

僕が、友人グレート井上くんと、普段どおり下校しようとした時。

僕もグレート井上くんも自転車通学ですので、自転車置き場へと向かったのです。これも普段通り。

自転車置き場は、特定の指定はないのですが、みんな自分の置き場所を決めているので、自然と男女が分かれ、それぞれ「男子置き場」「女子置き場」と呼ばれておりました。

が‥‥‥‥‥‥。

「あれ？　自転車がない‥‥‥‥」

僕の自転車がありません。
WHY？

「あ。アレじゃないか？　お前のママチャリ」
「あ・・・・・・・、ホントだ・・・・・・・」

　僕の自転車がママチャリなのは、前述の通りですが、（当時）男子は変速ギア付きのスポーツ車が主流でしたので、そういう意味では、周りとは違っておりました。

「・・・・・・・なんで女子置き場に？」
　女子置き場にポツンと、僕のママチャリ。

「おい。荷台になんか積んであるけど・・・・・・・」
「え？　なんだろ？」
　なにか積んで来た覚えはありません。
　自転車に駆け寄りますと・・・・・・。

なんと！
駐在所に置いて来たはずの『S○ファン』の束！

　荷造り紐で、ガッツリ荷台にくくりつけられています！

「や、やられたーーーーーーー!!」

　しかも、女子置き場。周りにほとんど自転車がない、ということは、周りに自転車を停めていた女子のほとんどが目撃した、ということ!?
　僕は顔面蒼白。クラクラしました・・・・・・。

2章　いきなり最終兵器　　55

「とにかくはずさないと。またすぐに女子来るぞ！」
「あ……ああ…………」
　しかし、ゴム紐と違い、荷造り紐の解けないこと！
「くそぉ！　相当にガッツリ結んでやがる！」

　その間にも、自転車通の女子がちょくちょく自転車をとりに来て、僕たちはものすごく不自然な姿勢で、荷台のエロ本束を隠すハメになりました。

　ところが。
　グレート井上くんって、学年でもトップクラスのモテモテくんなものですから、
「あら。井上クゥン♡」「今帰り〜？」
　自転車通じゃない女子まで引きつけるのでした…………。

「井上ぇーー！　モテんなよ！　こんな時に！」
「そんなこと言ったって……」

「なにやってんのォ〜？　井上クゥン♡」
　エロ本かくしてんだよっ。
「な、なんでもないから！　アッチ行けよ！」
　まさか、人生において、寄って来る女子を追い払うなんてことがあろうとは。

「あ。アヤシーーーーーー」
「あ、怪しくないって！　じゃ、また明日。ゴキゲンヨウ！」
「だって、そっち女子置き場だヨォ〜？」
「あーーー、そ、そうでしたね！　すぐ移動します、すぐ！　どーも教えてくれてアリガトウ」

56

必死に引き離そうとするも、グレート井上くんの引力は強力で、
「みんなどうしたの～？」
「女子置き場に井上クンたちが‥‥‥」
　さらに、砂鉄を集める磁石のごとく女子を吸引！

「あ、なんか隠してるゥ」「ホントだァ～」
　絶体絶命の急接近！
「か、隠してないって。あ、**愛してるからコッチ来るな**」
「ウッソォ～～」「ぜったい隠してるゥ～」「ウン。隠してるゥ」
「な～に隠してん‥」

「◉　◉」「◉　◉」「◉　◉」「◉　◉」「◉　◉」

　　目　　撃

　‥‥‥‥‥‥‥あゝお母さん。今日という日まで僕を育てて下さり、ありがとうございました。僕の人生は今終わります。せめて僕の葬式には、西条だけは絶対呼ばないでください。
（Queen『ボヘミアン・ラプソディ』より）

「｢｢｢｢**サイッッッテーーーー!!!**｣｣｣｣｣

「ち、ちがうんだ！　これは、ち、ちが‥‥‥‥‥」
　蜘蛛の子を散らすように走り去る女子たちの背中に向かって叫びますが

「ちがうんだよ～～～～‥」だよ～～‥‥だよ～～‥‥

　　　　　　　2 章　いきなり最終兵器　　57

むなしく自転車置き場に、こだまするだけでした‥‥‥。

■10回戦
勝者：駐在さん〔◎７勝◉２敗△２分〕

11回戦

◆ぼくたちの攻撃『プロパガンダ』
ドラマCD①トラック４『大応援団』より

　普通のエロ本ならまだしも、コア中のコア『S○ファン』。それも
まとめた束を、クラスの女子たちに目撃されるという、想像を絶す
る立場に追いやられた僕‥‥‥‥。
　オマケに、中学からの友人グレート井上くんからは、
「お前と交友を持ったことを、これほど悔やんだことはない」とま
で言われ、もう散々です。

　そこに現れた、
「お。２人してなにやってんだ？」
　すべての元凶・西条くん。
　それというのもコイツが「エロ本を駐在所に置いて来た」ことか
ら始まったわけですが、当の本人は、

「荷造り紐が**荒縄みたいでナマメカ**しいよな？」
「‥‥‥‥‥‥」

　ところが、「逆襲」のチャンスは意外にもすぐに訪れました。
　ちょうどそこに、
「**西高〜〜〜〜〜！**」
「**ファイッ**」「**GO！**」「**ファイッ**」「**GO！**」
　ランニングから戻って来たのが、応援団。
　その中に、
「あ、千葉〜。やってんな」
「おお！」

2章　いきなり最終兵器　　59

千葉くんは、水泳部のエースですが、その体格の良さと肺活量を買われて応援団に所属しています。それも副団長。

高体連（高校生の総合競技会）を間近に控えた応援団は、この時期、最も活動が活発になるのですが、

「駐在？　駅にいたぞ」

「駅？」

「どっか行くのかな。背広着てた」

チャンス到来！

「西条。上りの電車までは？」

「あと15分つったとこかな？」

「よし！　じゅうぶんだ」

学校から駅まで自転車を飛ばせば3分。

「千葉！　横断幕と団員貸してくれ！」

「横断幕ぅ？　いいけど？」

それから10分で横断幕製作！

「急げ！　あと5分しかない！」

「「「「「「**おおーーー！**」」」」」」

「**西高〜〜〜〜〜！　ふぁいっ！**」「**GO！**」

はたして駐在さんは、まだおられました。

「間に合った〜〜〜〜〜〜〜！」

「んあ？　なんだオマエら」

「駐在さん。どっか行かれるんですか？」

「出張だ。別にキサマらに言う必要はない」

その通りです。

「キサマらこそなんだ。ラッパやら太鼓やらかかえて」
「あー、高体連です」
「ふぅん。応援か。ごくろうなこったな」
「ええ。応援です」
　田舎の駅など心得たものですから、応援団はなんなくホームに入れます。入場券なんてありません。

　やがて発車のベル。
ジリリリリリリ‥‥‥

「駐在さーーーーーーーーーーーん！」
「ぁあ？　なんだ？」
　列車の窓を開けて、駐在さん。

　ここでトランペットでファンファーレ！
　大太鼓のリズムが、みんなの注目を集めます！
　そこで横断幕オープン！

　その幅6メートル！

　♪ドン　　♪ドン　　♪ドン
　大太鼓の低音がホームに響き、

　♪ドドン

2章　いきなり最終兵器　　61

応援団副団長・千葉くんがエール！
「おまわりさん！」

「んあ……？」

♪ドドン
「おまわりさんの貸してくださったエロ本！」
「「「「**最高でした～**」」」」」

♪ドドン
「おまわりさんのエロ本でボクたちはーーーー」
「「「「**大人になれました～**」」」」」

♪ドドン
「おまわりさんのエロ本に感謝をこめてエーーーール！　それっ♪」
「**エ・ロ・ほん**」チャチャチャ！
「「「「**おまわりさん！**」」」」」
「**エ・ロ・ほん**」チャチャチャ！
「「「「**おまわりさん！**」」」」」
「エロほーーーーーーーん！　ふぁい！」
「「「「**GO－－－－！**」」」」」
　♪ドドドドドドドドドドドン

　この作戦のすごいところは、応援する側は一瞬の恥ですが、応援された側は、電車から降りるまで続くことです。

「キ……、キッサマら～～～………！」
　怒りたくても怒れません。怒ったと同時に「エロ本のおまわりさん」が、自分だとバレてしまうからです。

62

「駐在さ〜ん！　ありがとうございました！　エロ本、お返ししますね〜〜〜」

『S○ファン』の束を窓から放り込んだと同時。

「な、な、な、な‥‥！」

　列車の扉は閉まり。驚きで声も出ない駐在さんと、爆笑する乗客たち、そして、大量なエロ本を乗せて列車はホームを出たのでした。

　♪ドドン

□11回戦

　勝者：ぼくたち〔◎3勝◉7敗△2分〕

2章　いきなり最終兵器　63

3章
戦況拡大

12回戦

◆駐在さんの攻撃『冤罪』
①巻『第2章：万引き疑惑』より

　ところで僕たちも健全な高校生ですので、なにも警察官との争いに日々を費やしているわけではありません。
　高校生には高校生の生活、というものがあるわけです。

　この日、僕は、西条くんと本屋さんを訪れていました。むろん、健全な高校生としては、参考書を求めて来たのです。

「参考書なんて、どれがいいか分かんねぇなー。もっと人生の参考になる本だったら分かんだけどなー」
「西条の人生の参考って‥‥‥まさか『S○ファン』とかじゃないだろうな？」
「アレは参考になるぜ〜？　ただなぁ、実践が伴わないからなぁ〜。参考になるってだけ」
　そんな健全な高校生の会話をしていたところに、

　"西条ー‥‥‥‥"

「ん？　誰だ？」
　囁くような呼び声。

　"ママチャリー‥‥‥‥"

「あ？」
　僕を『ママチャリ』と呼ぶ人物は、この世にひとりしかいません。

3 章　　戦況拡大　　67

「駐在さん!?」

 〝西条ー、ママチャリー。こっちだーー″

　声は成人雑誌売り場の方からです。

「なんだろ……？」
「大人の目で厳選したエロ本でも教えてくれるのかな？」
「まさか」

 〝西条ー、ママチャリー。こっちこっちーー″

「どうしたんですか？　駐在さん」
　相手が小声だと、こっちも小声になります。
　ただでさえ成人雑誌売り場。男のやましさを共有する場です。

「あのなーー……」
「なんだよ。さっさと言えよ……」

　すると駐在さん。いきなり僕たちの二の腕を摑むと、声も高らか
に、
「**おまえら！　今日という今日はゆるさんぞ！**」

「・＿・」「・＿・」　へ？

　そのままズリズリと、店の入り口側へと引っぱっていこうとする
駐在さん！
「な、なんですか！　いきなり」
「**話は署で聞く！**」
　書店の主に会釈などして、とうとう店の外へと連れ出したので

68

す！

　店内は騒然！

　それはそうでしょう。高校生が警察官に腕を引っぱられて店から連れ出されたのですから。

　これって、どう見てもエロ本万引きしたようにしか‥‥‥‥**あ！**

「あ、あの〜‥‥‥おまわりさん。その子たちがなにか？」

　店のご主人も、心配そうに追いかけてこられました。

「いえ。こちらにおまかせください！　どうかご心配なく！」

　いや、ご心配なのはコッチだって！

　そんな言い方したら誤解生むやろが！

　本屋さんから、駐在所までの距離はけっこうありますから、その間、どう見ても「万引きの補導」‥‥‥。

「**放せぇーーーー！　放しやがれーーーーー！**」

　騒げば騒ぐほど、人々の注目が集まります。

　僕が「これはこの前の大応援の報復にちがいない」と気づいたのは、駐在所に到着してからでした。

　さっさと気づけよっ！　って話もありますが、言ったように、若者は自分のしでかしたことは、水に流せるのです。

「**駐在ぃい！　なんのつもりだ！**」息も荒く西条くん。

「**やかましい！**　キサマら、この間なにしたか覚えてないのか！」

　やっぱし‥‥‥‥。

　それから、それはそれは悔しそうに、

「**あの後、俺はなぁーーーー、キサマらの投げ込んだエロ本かかえてなぁーーーー‥**」

　ぷふっ♪

3 章　戦況拡大　**69**

‥‥‥あ、いかん。光景を想像して、思わず笑いそうになってしまいました。

「だからって‥‥‥‥」罪もない（ないのか？）高校生に、こんな冤罪をしかけるとは！
　大人げないにもほどがあります！
　なのに。
「しかしまぁ、これで気が済んだ。茶でも飲んでけ」

「はああ？」「お茶だあああ？　ザケんな‥」
「おーい、加奈子〜〜。お茶〜〜〜」
　奥さん‥‥‥？

「「‥‥‥いただいていきます〜♪」」

■12回戦
　勝者：駐在さん〔◎８勝●３敗△２分〕

13回戦

◆ぼくたちの攻撃『誤認逮捕』
①巻『第2章：万引き疑惑』より

「ウフ。いらっしゃい♡」
　ぱぁ〜　☆｡.:*･ﾟ
「「いらっしゃってますぅ〜〜」」
　奥さんがコーヒーを入れてきてくれて、さっきまでの喧噪が嘘のようになごやかな駐在所。

　奥さんがいらっしゃると、駐在さんは人が変わったように落ち着いた口調で、
「お前たち。世の中には、法律というものがある。それくらいは習っただろ？」
「さぁ〜？　僕ら、まだ**17条までしか習ってない**んで。それ以降のことまではちょっと‥‥‥‥‥‥」
「ぬぁに〜〜〜！」

「ぷっ♪」と吹き出す奥さん。
　カワエエ〜〜〜〜〜♥
　たまりませんっ！

　しかし、平和な時間は長くは続きませんでした。
　そこへ、
「ごめんください‥‥‥‥」
「あれ？」「村山？」
　やって来たのが、一緒に書店内にいた村山くん。

3 章　戦況拡大

「村山もコーヒーでも飲んでけよ」
「なんでキサマらが勝手に言う!?」
　でも、
「どうぞ？　今、入れるわよ？」
　やさしい奥様♥

「あ‥‥‥‥、いえ‥‥‥‥僕は‥‥‥‥‥。コレ届けに来ただけ
なんで‥‥‥‥。君ら、カバン忘れてってろ？」
　村山くんは、僕らが置いて来た学生カバンを届けに来てくれたの
でした。
「忘れたんじゃなくって、持って来る暇がなかったんだよ」「そうそ
う。コイツがさぁーー‥」
「コイツとは本官のことか？　ぁああ？」
　つかの間の休戦でした。ひと言話すごとに険悪に。

「それが‥‥‥‥本屋さん？　えらい騒ぎになってるんだけど‥‥
‥‥‥‥」

「えらい‥‥‥‥？」「騒ぎ‥‥‥‥？」
　アレ以上の騒ぎってあるんでしょうか？
「なんか‥‥‥‥、電器屋さんとか、レコード屋さんとかが集まっ
てて‥‥‥‥‥。アイツらは昔から怪しかった、とか‥‥‥‥2度
と出入りさせない、とか‥‥‥‥‥‥」

「「えぇえええええええええ!?」」

「あら。なにかあったの？」と、横から奥さん。

　僕たちは、書店での出来事を洗いざらいプラスで、奥さんに報告
しました。

72

「まぁ！　アナタ、そんなことしたの？」

「いや‥‥‥‥まぁ‥‥‥‥‥今回は薬が効きすぎたかな‥‥‥‥」

　霊長類の奥さんから言われ、初めてしょげかえる爬虫類。

　僕たちとしては、意外なバックアップ！

　ここぞとばかり、

「薬じゃないですよ！」「そうだそうだ！」

「いや。スマン‥‥‥‥‥商店街には、後から俺が言っとくって‥‥‥‥‥」

　ここぞとばかり、

「冗談じゃありませんよ！」「そうだそうだ！」

「スマン‥‥‥‥‥‥」

「駐在さんは転任されるかも知れませんが、僕ら、ずっとこの町で生きてかなきゃいけないんですよ？」「そうだそうだ！」

「スマン‥‥‥‥‥‥」

「あーあ。これで参考書も買えないやー」「そうだそうだ！」

「スマン‥‥‥‥‥‥」

「借りてたエロ本、返しませんからね！」「返すもんか！」

「スマ‥‥‥あ？」

　あ。バレた。

　でも、意外にもニブい奥さんが、

「まぁ‥‥‥‥あの本、やっぱりアナタのだったの!?」

「ち、ちがうって！　加奈子。コイツらのだって‥‥！」

「「え〜〜〜僕ら未成年ですよ〜？　あんな本買えるわけないじゃないですか〜〜」」

「んな、なんだと!?」

「おまわりさんは大人だから〜〜」「いよっ！　さすが大人っ！」

　追撃の手を緩めません！

3 章　　戦況拡大　　73

「ふぅ～～ん。そうだったのネ」

「いや、加奈子！　ちがうって！　コイツらにのせられるなよ！」

　トドメ！

「「ボクたち、**大人の趣味**にまでは口出しませんから～」」

「な‥‥‥‥っ、なんだとぉお！」

「「そいじゃ！」」

　言うだけ言ったら逃げるが勝ち！

　けれども、駐在さんのおかげで、商店街をも敵にまわすことになりました。

□13回戦

　勝者：ぼくたち〔◎４勝◉８敗△２分〕

14回戦

◆ぼくたちの攻撃『戦線拡大』
①巻『第2章：万引き疑惑』より

　僕たちの町には、本屋さんはたった2軒。そのうちの1軒は小さいので、参考書とか（エロ本とか）を買えるのは、たった1軒しかありません。
　言い換えるなら、我々高校生は重要な顧客層であり、この町で育った僕などは、小学校からずっと利用している超のつく「お得意様」。それを、濡れ衣で「昔から怪しかった」は、あんまりというものです。

「‥‥‥‥‥すると、どうしても見せられないというのかね？」
「はい‥‥‥絶対に」

　その本屋さんのバックヤードにある事務所に、僕と西条くんは呼び出されていました。
　机の上には、僕と西条くんのサブバッグ。

「どうしてだ？　やましいことがなければ、見てもかまわないだろう？」
「やましいだなんて‥‥‥‥‥」

「ふむ‥‥‥‥君ら、なんでここに連れて来られたかは分かっているよね？」
「‥‥‥‥‥‥‥」無言の僕と、
「さあ〜ね〜‥‥？」ふて腐れ気味の西条くん。

3章　戦況拡大　　75

「君らの挙動が怪しかったからだ！」
「だから、怪しいだなんて‥‥‥‥‥」

　この10分ほど前に僕たちは、このバッグを持って、店内でコソコソしておりました。
　前日のことがあったので、目を光らせていた本屋のご主人。

「じゃぁ、なぜ逃げ出したのかね？」
「急いでいたから、です‥‥‥‥」
「命にでも関わることかね？」
「はい。命に関わります」
　これには、さすがにご主人もキレられまして、
「ふむ。今までここに連れて来られた子は、必ずそう言うね」

　そこから猛烈なダッシュで店内を出ようとした時。まんまと、ご主人に捕まりました。

「言ったろ？　電車に乗りおくれんだよ！　さっさと帰してくれよ！」
「ああ。このバッグさえあらためたら、すぐに帰ってもらってかまわんよ」
「だからそれは‥‥‥」「嫌だつってんだろーが」

「ふぅ‥‥」と溜息のご主人。
「しょうがない。君たちはお得意様だし、ここまではしたくなかったが‥‥‥‥‥。キミ、駐在さんに連絡して」
　店員さんに命じました。
「ハイ」

76

待ってました〜〜〜〜♪

駐在所への連絡を待って、ショボ〜〜〜〜〜ン。
観念したフリ。

ご主人は、それを見逃しませんでした。
「見せてもらうからね！」
「だから……ダメつってんだろ！」
ご主人は、最初、西条くんのバッグを手探りして、そこに本らしい形を確認すると、鬼の首をとったような顔をしました。

けれども、
「ん……？　開かんな………」
バッグのチャックは、15㎝ほどしか開きません。
何度か試みますがやはりダメ。

だって、開かないように工作してあるからです。

ご主人は、しかたなくその隙間から手を入れ、順番に中身をテーブルに出し始めました。どこでも行われる「万引き検証」シーンです。

まず、なにかを取り出すまでもなく、
「な、なんだ………!?」
ご主人の手に貼り付いて来たのが、**ハエ獲りリボン***。

【*ハエ獲りリボン＝１ｍほどの粘着テープでハエを捕まえるもの。
　日本で発明され、当時かなり普及していた】

「な、なんでこんなもん持って歩いてんの？」
「そんなの俺の勝手でしょう」
　西条ごもっとも！
　ご主人、ハエ獲りリボンと悪戦苦闘し、ようやっと解放されると、懲りずにまたバッグに手をつっこみました。

「こ、これは……？」
「見ての通り、カアチャンのパンツです」
「な、なんでそんなもん持ち歩いてんの？」
「そんなの俺の勝手でしょう」
　ごもっともごもっとも！

　さらに、**納豆**。
「な、なんで蓋あけたまま持ち歩いてんの？」
「だから、俺の勝手でしょう？」

　そしてついに！
「この本はなんだ！」
　本は、バッグから出て来ないほど大きく、しかも納豆にまみれていました。

「電話帳です」
「そう……、だね……、電話帳だね………」

「………なんでこんな物を………まぁ、君の勝手だな………
……」
「はい。**俺の勝手です**」
　勝手ですとも！

　本屋さんは、諦めて手を洗って来ると、

78

「一応、君のバッグもあらためさせてもらうよ」
　僕の方のバッグを開きました。

「……ん？　なんだコレは？」
　机に布が引きずり出されたとたん、

　モワ〜〜〜〜〜〜〜〜ン。。oO°°

■14回戦
　敗者：本屋さん〔◉1敗〕

3章　戦況拡大　79

15回戦

◆ぼくたちの攻撃『禁断の化学兵器』
①巻『第2章：万引き疑惑』より

そう。僕たちは、本屋さんで、**さも万引きした風**を装って、わざと捕まりました。前日の一件で疑っていた本屋さんは、まんまと捕まえてくださったわけです。

実は、この前日には、化学部の森田くんに、
「世界で一番臭い液体作れ！」
「せ、世界で一番？」
「森田ならできるだろ？」
なにしろ森田くん。1年生の時、セルロイド製の下敷きからニトログリセリンを精製した強者（⑦巻）。

で。さすが森田博士。作ってくれました！
「いいか？　50㎝以内で嗅ぐんじゃないぞ？」というほどの化合物を！
僕と西条くんは、50㎝以内では嗅ぐことさえできない激臭に大喜び！
さっそく雑巾に染み込ませてビニール製のマジソンバッグに忍ばせました。事前に臭いがモレては困るからです。

それが‥‥‥

モワ～～～～～～～～ン。。oO°゜

「な、なんだ！　この臭いは！　デホッ！　ゲホッ」

雑巾が机に引きずり出されたとたん、4坪ほどの事務所がすさまじい異臭に包まれました。

「ウォ……！　ケ、ケホホ！」

「は……吐き気が……クォ………」

　ご主人ばかりでなく、僕たちも、呼吸もおぼつかないほどの激臭！

「ゴホホホ！　た、たまらん！」

「ぐわぁ〜〜〜！　バ、バッグにもどしてください！　は、早く！」

「それが……目が、目が開けられない………！」

　目がシパシパして開けられません。おそらくは、ホルマリンかなにかが混合されているのでしょう。

「ご主人！　ま、窓、開けましょう！　ケホホホ」

「こ、この事務所に開けられる窓はない！　ウゲェ…！」

「じゃ、ド、ドアを……！」

「ダ、ダメだ！　そ、そんなことしたら、臭いが店内に………！」

　あゝ、立派な商売人です。今ここで亡くなられても、きっと語り継がれることでしょう。

「そ、そんなこと言ってる場合じゃ………」

　なにしろ、ひと呼吸すると、激しい吐き気が襲ってきます。目からは『フランダースの犬・最終回』を10回分まとめて見たような涙・涙・涙！　横隔膜は、すさまじい拒否反応をしめし、シャックリが止まりません！

　西条くんも僕もボロボロです。

「ケコッ！　……じゃ、か、換気扇………！」

3章　戦況拡大　　81

ご主人が、かろうじて換気扇のスイッチを入れると同時、たまらず全員事務所を飛び出しました。

「ハァ‥‥‥‥ハァ‥‥‥‥‥なに、アレ？　**ケコッ**」
　お気の毒にご主人。まだシャックリが止まりません。
「ハァ‥‥‥‥ハァ‥‥‥‥‥だから、命に関わるって、言ったでしょ？　**ケコッ**」
　そういうつもりじゃなかったんですが‥‥‥‥。

　そこにようやっと、駐在さん到着。
「どうもお待たせしました。ご主人。万引きだそうですな。ン‥‥‥‥？　なんです？　この臭いは？」

■15回戦
　勝者ナシ

16回戦

◆駐在さんの攻撃『江戸の敵を長崎で討つ』
①巻『第2章：万引き疑惑』より

「いや～……疑って済まなかったね………」
　あんな散々な目にあっておきながら、濡れ衣を着せてしまったことを詫びるご主人。普通、あの異臭騒ぎで少しは疑いそうなもんですが。
　逆に、僕たちが申し訳なくなってしまいました。

「これ、お詫びに持ってってくれ」
　三菱製のシャープペンシルを僕たちに渡しました。
「べ、別にいいです。疑いさえ晴れれば。僕たちは」

「………いや。考えてみると、君は小学校の時からウチを利用してくれたお得意さんだ。真冬の雪の降る中、体中に雪をつもらせて『小学三年生』を買いにきた君を、まだ覚えてるよ………。10円足りなかったって。遠いから別にいいって言ってるのに。わざわざ家までもどって、2度めについた時には、もう閉店間際だった。寒かったろうに」

「…そんな君を、一瞬でも疑った自分が恥ずかしいよ。コレはあの時のお礼だ。持って行ってくれたまえ」
「ご主人………」
　もう10秒そこにいたら、僕は涙がこぼれそうでした。
「すみませんでした………」

　駐在さん、

3章　戦況拡大　　83

「ん。よかったな。疑いが晴れて」
元はと言えばテメェのせいだ!

なにをいけシャアシャアと!

本屋さんは、さらに、僕たちが取り調べで「電車に乗り遅れた」ことを詫び、自分の車で僕たちを送ってくれようとしました。

もちろん、口からデマカセでしたから、丁重にお断りしたのですが、

「では、本官が送っていきましょう!」などと、駐在さんが、いらぬ親切を言い出しやがりまして。

「いや‥‥‥‥」「別にいいですから‥‥‥‥‥」

と、遠慮深い少年たちが言ってるのに。

「遠慮せずに乗りたまい〜〜」

言葉使いこそ「乗りたまい」とか言ってますが、語気は不相応に強く、ほぼ命令。

これ以上抵抗すると、さらに周囲に人々が集まりそうだったので、やむを得ず、後部座席に乗り込みました。

周囲からは、どう見ても「補導される少年」‥‥‥。

ああ‥‥‥どんどん、この町が住みにくくなる‥‥‥‥。

案の定、

「あ。コッチじゃなかったな〜〜まちがえちまった〜〜悪いな〜〜なにしろ赴任したてで〜〜」

さんざん**市中引き回し**!

僕たちは、なんとか「少年院への護送」と思われぬよう、必要以上にヘラヘラと笑顔をつくって抵抗を試みますが、なんにも面白いことがないのに、人間そんなに笑えないものです。

84

いいかげん顔が変な形で固定しそうになった頃、

「んで。どこまで行きたいんだって？」

知らずに走ってたのかよ!!

「えっと‥‥‥‥だから西条のＡ市に‥‥‥‥‥‥」
　腹がたったので、思いっきり遠くに目的地設定。
「Ａ市なぁー。少し寄り道するが、かまわんな？」
「ええ。かまいませんから、さっさと町でてください」
　さっきからずっと同じとこ走ってます。

　ようやく町を抜けた所で駐在さん、
「それにしても本屋さんはいい人だなぁー」
「そうですね」

「‥‥‥‥お前ら、仕掛けたんだろ？」
　おっと！　いきなり核心をついてきました！
「仕掛けただなんて‥‥‥‥」
「あんないい人にまで仕掛けるとは、オマエらホントとんでもねーなぁー」
　原因がそもそも「自分が仕掛けた」ことにあるのを、すっかり棚に上げています。
「駐在さんが先にやったんでしょ？」こちらが核心をつくと、
「‥‥‥‥‥‥‥‥‥‥‥‥‥‥‥‥‥‥‥‥‥‥‥」
　世にも珍しい、警察官の黙秘権行使！

　『気まずさは、その場の面積に反比例する』の法則。駐在所にいた時の**数倍は険悪**な雰囲気を乗せたまま、やがてパトカーは、風光明媚な山道へ。

3 章　　戦況拡大　　85

そこには、沼を中心にした湖畔公園があって、そこで駐在さんは、パトカーを止めました。

「おい、オマエらも降りてみろよ。奇麗だぞ？」
　きっと、険悪な空気に耐えられなくなったのでしょう。
両手を広げて、深呼吸などしています。

　僕と西条くんも車を降り、深呼吸。
　ああ、パトカーの外って、こんなに空気がうまい！

　駐在さんは、沼のほとりまで行くと、
「俺はなぁ。ここに赴任してまだ間もないが‥‥‥‥。けっこうこの町、好きなんだよな‥‥‥‥‥」
　しみじみと言いました。
「警察官なんて仕事をしてるとな。なかなか地元の人は心を開いてくれないもんだ。‥‥‥‥けど、この町はちがった」
　しみじみ。
　だから僕たちも、
「そうですか‥‥‥。大変なんですね‥‥‥」
　しみじみと。
「ああ‥‥‥‥まぁな‥‥‥‥‥」
　しみじみと。

　それから3人は、同じ景色を、黙って共有していましたが、

「‥‥‥あ。ちょっとタバコとって来る」

　バタン‥。ドアの閉まる音。
　ブルルン‥。エンジンがかかる音。

ん？　なぜエンジン？

　振り向くと、なんとパトカー。タイヤを鳴らしてＵターン！
「あ？」「え？」

　パトカーの窓が開き、
「オマエらーーーー。そっから歩いて帰れーーーーーーー」

　なんだって〜〜〜〜〜〜〜???

「まぁ、町まで１時間くらいかな？　**徒歩だと**」
「じょ、冗談じゃねぇぜ！」「僕たち試験目前なんですよ!?」
　しかし、駐在さん、

「‥‥‥‥‥そう言えば、オマエたち。『森のくまさん』って唄、知っ
てるか？」
「ええ。知ってますけど‥‥‥‥‥‥」
　♪ある〜日〜、ってヤツ？
「それがなにか？」

「このへん、出会うらしいからな。気をつけてなー。わっはっは
ーーー」
　それを捨て台詞に、急発進！
「♪スタコラサッサッサ〜の〜サ〜〜〜。わははは〜」
　いわゆる置き去りです。

「と‥‥‥とんでもねぇヤツ!!」

3 章　戦況拡大　　87

「大丈夫だ。西条」

「なにが！」

「駐在さん、すぐに停まるから」

「なんでそんなこと分かんだよ？」

「パトカー、カークーラーついてたろ？」

　僕の予言通り、パトカーは急発進からわずか100mほど走って急停車しました。

「ホラ！」

「あ。ホントだ……。なんで？」

　不思議そうな西条くん。

「実はさ……」車を降りる間際に、僕はバッグのチャックを開けてきたのでした。

　そうです。本屋さんで呼吸もできなかった異臭騒ぎの雑巾が入っていたあのバッグです。

　4坪の事務所でさえ、呼吸はおろか目も開けられない激臭。それが車の中なのですから、運転などできるはずもありません。

　カークーラー（当時はカーエアコンではない）が点いていた、ということは、駐在さんは窓を閉めきって走るということ！

　100m先で停車したパトカーからは、案の定、駐在さんが飛び出していました。

「**ゲェ〜‥‥！　グェッホッホッホッホ‥‥‥**」

「けっこう雲行きがあやしかったからな。こんなことだろうと思って」

「お前、アッタマいい〜〜」

　僕たちは、余裕しゃくしゃくパトカーに追いつくと、車の横でorz

88

になってる駐在さんに、
「そろそろ出発しましょうか。駐在さん？」

「く、く、くそぉ〜、キサマらぁ〜〜〜〜……」

　‥‥**ケコッ！**

■16回戦
　　引き分け　駐在さん〔◎8勝◉4敗△3分〕ぼくたち

17回戦

◆駐在さんの攻撃『長崎の敵を大阪で討つ』
①巻『第4章：夕陽の決闘』より

　その翌日の放課後。西条くんが、担任の白井杏子先生から呼び出されました。
　西条くんが呼び出されるのは、珍しいことでもありませんので、誰も気に留めていなかったのですが、アジト教室にもどった西条くんが、えらく肩を落としているのです。

「どうした？　西条」
「それがよ〜〜〜……コレ、見てくれよ」
　机に、バッグを投げ出しました。

「これは………」
　忘れるにも新しすぎる、本屋さんに使った『万引きバッグ』。
「俺、本屋さんに置きっぱなしだったんだよな………」
「あーー」
　そう言えばそうでした。激臭バッグはパトカーに持ち込みましたが、西条バッグは事務所に置きっぱなしでした。
　どうやらそれを、本屋さんが駐在所に届けてくれたらしいのです。

「「「「「 **駐 在 所 !?** 」」」」」

　すでに嫌な予感がプンプンします。
　なにしろ、最後は、呼吸困難に陥れてますから。

「………で？　駐在が学校に届けた、と？」

「そういうこった‥‥‥‥」と、落胆の西条くん。

「まぁ‥‥‥‥見てくれよ」
　西条くんがひとつずつ中身を取り出します。

　はじめにビニールに入った「ハエ獲りリボン」
　本屋さんも律儀です。こんなもの返さなくてもいいものを。
　あとは納豆まみれの「電話帳」と、
　西条くんの「カアチャンのビロビロパンツ」で終わり‥‥‥‥の
はずが、

「ん？　なんだ？　その本？」
　取り出されたのは、1冊の文庫本。
　さらに、その本に、丁寧にアイロンがけされたパンツがシオリの
ように挟まれていました。

「問題が、コレだ‥‥‥‥‥‥」

　その文庫本のタイトルが、

『**女教師杏子、■■た課外授業**』

　え???

「「「「「　**女教師杏子ぉ〜〜〜〜〜〜お？**　」」」」」

　なんと！　西条くんのクラス担任、白井杏子先生と、漢字まで同
じ！

「これなんだよ〜。まいっちゃってさぁ〜‥‥‥‥」と、西条くん。

3章　戦況拡大　　**91**

僕たちは、驚きで10秒ほど無言になりました。が、次の瞬間、

「「「「「**ぶわはははははははははははははは**」」」」」
　一同、大爆笑！
「あっはっはっは。女教師杏子かぁ！　アハハハ。やるもんだなぁ。駐在も〜！」

「**笑いごっちゃねぇ！**」
　西条くんは真剣です。
「あ‥‥‥‥あー悪い‥‥‥西条」「だよな‥‥‥」「笑ってる場合じゃないよな‥‥‥‥」

「おかげで、白井が俺と目を合わせないんだよ‥‥‥‥」

「「「「「**ぶわははははははははははははははは**」」」」」
　当然、大爆笑！
「そ、そうか！　白井、目合わせないか！　ワハハハ！」
「そりゃぁ、白井もバツ悪いもんなぁ〜。アハハハハハハ！」

「**笑いごっちゃねぇ！**」
　西条くんは真剣です。
「あ‥‥‥‥あー悪い悪い‥‥‥」「笑ってる場合じゃないよな‥‥‥‥」

「生徒指導の工藤にも見られたんだぜ。このパンツとのセット。警察官が勝手に入れたなんて信じるわけねーしよー」
「プフッ‥‥‥そ、そりゃそうだよな」「わかる。ププッ‥‥‥」「ク‥‥‥プフフ‥‥‥」
　みんな笑いをこらえるのに必死！

92

「おかげでよ～、なんか俺が白井に気があるように見えるだろ？」

「ブ‥‥」

「「「「「ぶわはははははははははははははは」」」」」

一同、我慢の限界。

「み、見える！　確かにそう見える！」「ギャハハハハハ」

「だから笑い事じゃねーっての！」

笑い事じゃないのは、西条くんのみです。

「このパンツもよ～、なんか白井のパンツ盗んで、大切にとってるように見えないか？」

「わはは。見える！」「丁寧にアイロンかかってるし！　あはははははははははは」「カアチャンのパンツって言っても、信じねーだろな！　わはははははははは」

「白井は無言になっちゃうしよーー‥‥‥」

「そ、そうか！　白井、無言か！　アッハハハハハハハ」「コリャたまらん！」「あーーー、呼吸できない～。西条もうやめてくれ～」

「俺。毎日、白井と顔合わせなくちゃいけないんですけど‥‥‥‥？　どうしよう？」

どうやら本人には深刻な問題のようでしたが、

「「「「「ぶわははははははははははははははははははははははははははははははは」」」」」

もはや、誰も聞いていません。笑うのに忙しくて。

「くっそぉ～～～～～！　逆襲じゃ～～～～～～！」

「え‥‥‥‥。逆襲すんの？」

3章　戦況拡大　　**93**

「あったりまえだっ！　これだけ笑い者にされて黙ってられるか！」
　笑ったのは僕たちなんですけどね？
　でも、もはや西条くんはおさまりません。

「目には目！　パンツにはパンツじゃ〜〜〜〜〜!!」

■17回戦
　勝者：駐在さん〔◎９勝●４敗△３分〕

18回戦

◆ぼくたちの攻撃『通信遮断』
①巻『第4章：夕陽の決闘』より

　パンツと言っても、ここで西条くんが言う「パンツ」は、女性用の、いわゆる「パンティ」ですから、男子高校生が入手するのは容易ではありません。

　当初は、女姉妹のいるヤツをアテにしましたが……
　中3の妹のいるグレート井上くんは、
「バカか！　無理に決まってるだろ」
「え〜〜〜！　なんのための妹だよ！」
「そういうためにいるもんじゃないんだ！　妹ってのは」

　乱暴な姉（スケ番）のいる孝昭くんも、
「じょ、冗談じゃねぇぞ！　バレたら姉ちゃんに殺される！」
「え〜〜〜！　なんのための姉だよ！」
「そういうためにいるんじゃねぇんだ！　姉ってのは」
　西条くんとは著しい認識の相違があり、姉・妹ともに無理なことが判明。

　新品購入の方向に転換するも、たとえ新品であっても男子高校生が手に入れるのは至難の業です。こんなに大変な物とは、思いもしませんでした。女性用下着。
「よく女子は買えるよナァ〜………」
「女子だからじゃないか？」

　そこで。孝昭くんのスケバンお姉さん（早苗さん）をなんとかか

3 章　　戦況拡大　　95

んとか口説き落とし、購入を依頼しましたが、これが‥‥‥

「「「豹柄!?」」」

孝昭くんのお姉さんとは、少し感覚にズレがあるようで、あえなく失敗。なけなしの「女性下着購入資金」も底をつきます。
（詳しくは①巻）

とうとう最後の手段として、「女を作る」ことを思いつき、1年生でも1番小さい丹下くんを捕まえて改造！
『バイオニック・ジェミー*』化して、洋品店へと向かわせたのでした。

【*バイオニック・ジェミー＝アメリカのTVドラマ。いわゆるサイボーグで、当初は男性版の『600万ドルの男』（1973～78年）中に女性版サイボーグとして登場。その後ジェミーの人気が上がり、76年に『地上最強の美女バイオニック・ジェミー』として独立。大ヒットした】

「行け！　ジェミー！　君の使命は、3枚980円のパンティを2セット買って来ることだ！」
「なさけない使命ですぅ～‥‥‥‥」

バイオニック・ジェミーの大活躍により、とうとうパンティを入手した僕たち！
　その悦びと言ったら！　例えようもありません。
　ダイヤモンドの輝きでさえ、パンティの前では色あせます。男子高校生にとって。

合計6枚のパンティを入手したはずの僕たちでしたが、**なぜか2枚を紛失‥‥‥‥。**

しかたないので、豹柄も合わせて5枚のパンティを持って、意気も揚々、駐在所へと向かったのでした。

（以上、詳細は①巻）

午後5時30分————。

白井先生は、電車通勤でしたので、いつもピッタリの時間に、後輩の女教師「安西みすず先生」（仮名26歳）を伴って学校から出て来ます。

安西みすず先生は、クラスは持っておらず、メガネはかけておりましたがそこそこの美形でした。どれくらい美形かと申しますと、稀に西条くんの妄想に登場する程度には美形でした。

この2人は、教師の中ではいつも帰りが一番早く、まぁ、善くも悪くも公務員先生でした。

それを待って、先生からの覚えもめでたい優等生グレート井上くんが報告。

「白井先生！　た、たいへんです！」

「アラ、井上クン。どうかしたの？」

「それが、西条が警察に‥‥‥‥」

「「西条が!?」」

この「西条がタイヘンだ」は、担任の白井先生としては「**日常最も恐れている言葉**」、メガンテにも匹敵する最強呪文です。

同時刻————。

3章　戦況拡大　　97

駐在所前では、西条くんたちが、自転車2人乗りで暴走！

「ぱらっぱ～～～ぱららら♪」

バイクと違い、音が出ませんので、それぞれ口で補います。

「ブァンブンブンブ～ン！」「パラリラパラリラ♪」

はっきり言って**バカ**です。

ただし声だけで、ジグザグ運転とかしません。僕らには僕らのルールがあるからです。田舎では、商店街から嫌われたりすると生きにくくなるからです。

キチンと縦列を守ってる分、

「パラリラパラリラ～～♪」「ブオンブォ～ン」

なおのことバカに見えます‥‥‥。

これを**3往復**もやられれば、たとえ駐在さんが、どんなに穏やかな方でも出て来られます。

「キッサマら～～～～～～～～～～～～～‼」

「ヤベ！」「逃げろ！」「パラリラリ～～～♪」

「待ちやがれ――――――！　西条――――！」

が。彼らは実はオトリ。

その隙を狙って、僕とジェミー他、「パンティしかけ隊」が駐在所潜入！

「急げ！　ジェミー！」（丹下くんは、すっかり『ジェミー』で定着）

「ハイ！　センパイ。……でも、これって犯罪になりませんかぁ～？」

「馬鹿だな。モノを盗めば窃盗だけど、僕たちは物を置いていくんだぞ？」

「それはそうですけど～‥‥‥‥」

98

「たとえば、お前の部屋に、突然、このパンティがあったらどう思う？」

「ものスゴっうれしいっス！」

「自分がされてうれしいことは人にもやってあげなさいって、小学校で教わったろ？」

「ハイ！　教わりました！」

扱いやすいぞ。コイツ。

僕たちが持って来たのは、使用済み加工パンティ5枚と、西条くんの『○Mファン』から切り取った「とんでもねーグラビア」2枚。

まず、駐在所の机にかかっているビニールカバーを上げてここに1枚「とんでもねーグラビア」をはさみます。

グラビアの上には、駐在所の適当な書類を適当に置いて隠しました。

次に額縁を開け、やはり中に「さらにとんでもねーグラビア」1枚。

次にパンティ。うち2枚は、すでに「ハンカチと見分けがつかない」状態にアイロンがけされており、駐在さんの上着のポケットに1枚。

1枚はゴミ箱の中に、思いっきり広げてかけておきます。

そして。これが最もかんじんなのですが、1枚を電話機にかぶせます。

これがまた見事に電話カバーになるのです！

受話器受けのところなんか、まるで、あつらえたかのよう！

（判りにくいので、詳細図面入れておきます）

3章　戦況拡大　　**99**

　そこへ、
「はなしやがれ〜〜〜〜〜〜〜〜〜〜〜〜〜〜」
　西条くんが、まんまと捕まったようです。

「よし！　撤退！」
「ラジャーー！」

　外に出ると、目にしみるような夕陽。
　その夕陽を背に、足早にこちらに向かっている杏子先生たちの姿が見えました。

　さぁ、決闘だ！

4章
報復合戦

19回戦

◆ ぼくたちの攻撃『情報戦』
⑬巻 『第15章：ジャスミンティーにクロワッサン』より

　警察の駐在所員というのは、業務に公平を期すため、ほぼ赴任地とは無関係な所からいらっしゃいますが（なにしろ相手は警察官ですので）、その経歴とかを根掘り葉掘り調べるヤツはいません。

　このため、その９割が既婚者でご家族を伴っていらっしゃるにもかかわらず、たとえご近所といえども、その素性について知る者はほとんどなく、わが町の駐在さんも、

　「もとは**ネス湖にいた**らしい」って噂があったくらいで、しかもそれが半ば信じられておりました。

　とは言え、町にやって来た警察官の「得体が知れない」ままでは困りものですので、新しい駐在所員が赴任されると、地域住民へのご挨拶として『駐在所だより』というのが配られたものでした。

　通常、最初の『駐在所だより』に、新しい駐在所員の出身地やらの個人的プロフィールが書かれているのですが、わが町の駐在さんの場合は、そこに、

　『出身地：ネス湖』

　と、明記されていたのです！　なんてファンキー！

「テメェらが書いたんだろが！　バカヤローーー!!」
「いや、僕らは駐在さんの手間を省いてあげようと‥‥‥‥‥」
「やかましぃわっ!!!」

4 章　報復合戦　103

そう。わが町の駐在さんの『駐在所だより 創刊号』は、僕たちが**勝手に発行**して撒きました。『駐在所だより』を高校生が発行してはならない、という規則はないからです。

「いいワケねーだろがぁああああああ!!!」

「いや。だって‥‥‥‥‥」

「校則でも禁じられてないしー」

「警察官のことに校則あてハメんじゃねぇっ!!」

その名も『勝手に駐在所だより 創刊号』。

それもこれも駐在さんが、赴任されて早々、町の少年たちの「自転車でレーダー測定器前を爆走！」などというあどけない悪戯に、マジんなって『**公務執行妨害**』なんてなもんを適用したのが始まりなのですが（①巻）。この『勝手に駐在所だより 創刊号』編集の際、我々の総力取材（千葉兄に聞いただけ）によりまして、駐在さんの忌まわしき過去が判明！

が、**総力をあげて千葉兄だけ**ですので、紙面はテキトー。奥さんが超美人！　であることも同時に判明してましたから、『駐在所だより』と言いつつ、ほとんど『美人奥さんがやってきた！　ヤァヤァァヤァ！』的内容で、駐在さんについては、

『姫沼にオオサンショウウオを見た!!』の独占手記と、

　４コマ漫画『**ダッピくん**』

くらいしかありませんでした。

もちろん、この内容にオオサンショウウオも大賞賛ウオ。

「誰が大賞賛した!?」

「魚？」

大激怒!!

「魚!!」

104

「な〜〜〜にが『ダッピくん』だっ!!　ザケんなよ!!」
「いや、だって得体が知れないままじゃ・・・・・・・・・」
「死体になりたいのか？」
　僕たちとしては、こんなささいな記事に、公僕のおまわりさんが憤慨するなど思いもよらぬことでしたので、
「思いもよれーーーーーーーーーーーーーーっ!!!」
　めずらしい命令形です・・・・・・・。

「では、次号で、あらためて『謝罪記事』を掲載するということで・・・・・・・」
「お前らは何を怒られてんのかわかってねぇのかーーーーー!!!」
　全面回収を命じられ、駐在さんの過去は、国家権力の言われなき弾圧によって闇に葬られたのでした。

□19回戦
　　勝者：一応ぼくたち〔◎５勝●９敗△３分〕

4章　報復合戦　　105

ダッピくん

① あっ、でっかいウーパールーパー！！

ちがうよ。新しい駐在さんだよ。

② おはようございます。駐在さん。

あれ？

③ うわっ！！駐在さんがいっぱい！！

④ なーんだぁ、皮だけだ。

駐在さん、ダッピしたんだネ。

20回戦

◆駐在さんの攻撃『宇宙船』ターン　うちゅうせん
⑰巻『第17章：チクリ小町のポーラスター』より

　当時の田舎の駐在所というのは、現代よりもずっと地元にピッタリ密着していて、たとえば梅雨時には、雨宿りさせてくれたり、傘を貸してくれたりしたものです。

「駐在さ〜ん。傘貸していただけませんか〜？」

「ヤだ」

「・・・・・・・・・・・・・・・・・」

　当地域の駐在所は、ちょっと違いました・・・・・・。

「いや。ヤだって・・・・・・・・そういう返事ってあるんですか？」

「ある。あるから言ってる」

「・・・・・・・・・・・・・・・・・」

「どうして地域住民が困ってるのに・・・・・・・・・・」

「ママチャリ住民は、どうせなんか仕掛けして返すつもりだからだ」

「しませんよ」

「する！　キサマらはする！　必ずする！」

　信用があるって、悲しいことです。

「じゃぁー、奥さんのでいいので貸してください」

「どういう妥協点だ？　ぁあ？」

　本来、駐在所の貸し傘は、拾得物で1年たっても落とし主が名乗り出なかった遺失物を貸し出すのですが、

「だって、奥さんも1年以上たってるでしょう？」

4 章　報復合戦　　107

「紛失しとらん！」

　結局、この日は、すったもんだの言い合いをしているうちに、雨が上がってしまい、
「傘、持ってくかね〜？　ママチャリくん」
「いりませんよっ！」

　あくるあくる雨の日。
「ママチャリく〜〜〜ん。こないだは済まなかったね〜〜〜」
　駐在所から、わざわざ出て来た駐在さん。
「傘持っていきたまえよ。いや。本官もあれからいろいろと反省してね」
　やけに丁寧で気持ち悪かったので、
「いいですよ‥‥‥別に。学校まで走りますから‥‥‥‥」
　学校にもどりさえすれば、傘のひとつやふたつ、どっかにあります。ベストなパターンは、傘を持ってる女子ごと借りること（共学校バンザイ！）。

「そう言わず。借りていきたまい〜〜」

　そこまで言うなら‥‥‥‥わざわざ傘だけのために学校にもどるのも手間でしたし。もどっても、女子を借りられる確証もなかったし。

　で。駐在さんが貸してよこしたのが、
「これ、ビーチパラソルじゃないですか！」
　直径1.8メートルはあろう、巨大な傘！

「そう。一昨年あたりの遺失物らしい」

「素性なんか、聞いていません！」
　色もまた、ビーチパラソルならではの、原色・赤青黄。
「こんなの恥ずかしくって、とても１人でさしてけませんよ！」
「誰も１人でとは言っとらん」
「へ？」

　駐在所の中を覗くと、やはり突然の雨に、雨宿りしている小学生のガキンチョがウヨウヨと。

「キミたち！　このオニイチャンの傘に入れてってもらうといい。**３人くらいは余裕で入れる**傘だから」

　え・・・・・・・・・。

「というわけで、ソロバン塾まで、コイツらを送り届けてくれ。**この傘で**」
　最初からそれが狙い!?
「「「**ヨロシクオネガイシマーーース**」」」
　く・・・・・・・・・！

「ホントだあ〜〜」「デッケ〜〜〜」「スゲェ〜〜〜〜」
　ガキども、内陸じゃめったに見ない海辺のパラソルに大喜び！

「では、宇宙戦士諸君！　成功を祈る！」
　敬礼などして、送り出す駐在さん。
　宇宙戦士って・・・・・・・・・。

「**宇宙船ビーチパラソル号、発進！**」

「「「カッコイイ〜〜〜〜」」」

4 章　　報復合戦　　109

そうか？
本当にそう思うのか？
ビーチパラソル号が？

　こうして駐在さんの「ヤッカイ払い」に、まんまと乗せられて、
宇宙船ビーチパラソル号発進・・・・・・・・・。

「地球よサラバ！」「サラバ！」「サラバ〜〜！」
勝手に地球離れんな。あぶないぞ。

　でも、自分もかすかに覚えがあります。
　小学生だった頃、透明ビニールの傘を買ってもらった時。確かに
宇宙船でした・・・・・・・・。30過ぎの駐在さんが覚えていて、そのノリ
で送り出すのはどうか、とは思いますが。

　現役の小学生どもは、
「敵宇宙人発見！」
「よし！　ビーム発射ーーー！」
「ビーーーーーーーーーーーーーーム！」
　相手構わずリコーダー・ビーム撃ちまくり！
　もちろん、ウチの学校の女子にも・・・・・・・・！
　やめちくりぃ〜〜〜〜〜〜〜〜！
　リコーダー向けんな〜〜〜〜〜〜！
「ビーーーーーーーーーーーーーーム！」
　発射しちゃったよ・・・・・・・・。
　今、ビーム撃たれた子と僕が恋に落ちることは、絶対になくなっ
た、と言っていいでしょう・・・・・・・・。そういう顔してました。

「ビーーーーーーーーーーーーーーーム！」

110

ようやく、ガキどもを送り届けて、宇宙戦争から解放され、気づきました。

　帰りは、ひとりでビーチパラソルであることに‥‥‥‥。

□20回戦
　勝者：駐在さん〔◎10勝◉5敗△3分〕

21回戦

◆駐在さんの攻撃『強制動員』
⑤巻『第8章：すもももももも』より

　1970年頃から、警察庁は、増え続ける交通事故に、『ゆっくり走ろう』キャンペーンというヤツを大々的に行いました（実は現在も続いている）。

　都道府県ごとに車用のステッカーがつくられ、『ゆっくり走ろう青森県』とか、『ゆっくり走ろう佐賀県』とか。ゴロなんか無視で各県共通。書体もただの明朝体という、いかにも役所的ダサダサなステッカーだったのですが、公務員や自治体の車には強制で貼らせたのを皮切りに、そこそこに流行しました。

　中でも『ゆっくり走ろう北海道』は全国的に人気で、ようするに、そのステッカーを貼ってるということは、「オレ北海道に行って来たんだぜイェイ」という自慢になったわけですね（このため『ゆっくり走ろう北海道』は、当初から有料で、観光土産として売られた）。

　でも、それは北海道ならではの話であって、それ以外では、違う県のものをあえて貼るということは、まずありません。

　『ゆっくり走ろう島根県』とか貼っても、東北あたりの人にとっては、「どこだべ？」のレベルですから（島根ゴメン）。もちろん逆もまたしかり。

　やがて、市町村までがこれに便乗。さらに『ゆっくり走ろう百恵ちゃん』とか、『ゆっくり走ろう順子ちゃん*』とかの便乗商品が販売されるようになると、各自治体のステッカーは、ダブつき始めました。

【*順子ちゃん＝現・三原じゅん子参議院議員のこと。主に暴走族
　のアイドルだった】

　主体となった県警では、管轄ごとにステッカー配布の割当が決め
られ、我が町の駐在所もこの例外ではありません。

「お～い。オマエら！」
「あ‥‥‥‥？」
　登校途中の僕と千葉くんをつかまえると、

「あれ？　千葉。お前、ステッカー貼ってないな？　アニキからも
らってないのか？」（千葉兄は警察官）
「えっと～～～‥‥‥なににですか？」
「自転車に」
「自転車～～～？」

　いや。いくら余ってるからって、自転車には貼らないでしょう。
自転車はじゅうぶん「ゆっくり」走ってますから。
　と、主張しましたところ、
「ほら！」
　駐在所の自転車には、貼ってあったりするのでした‥‥‥‥。（←
本当）
　恐るべし！　キャンペーン。

「コレ、やるから。ママチャリも自転車に貼れ」
「「はあ？」」

　もちろん、おことわり。そんなタダの明朝体ステッカー。
「いや、そんなカッコ悪‥」

4 章　報復合戦　　113

「ママチャリ。警察官から拳銃を奪ったとなると、少年院‥」
「貼らせていただきますともっ！」

　実は、この前日、僕たちは駐在さんを「脈絡なき胴上げ」いたしまして（⑤巻）、その際に、どこをどうやったのか、ホルスターから拳銃が落ちる、という**戦慄のアクシデント**があったのです。
　警察用のホルスターには、蓋こそありませんが（80年代まで、フラップ＝蓋がなかった。現在はフラップ付き）、落下防止装置がついていて、簡単には落ちないようになっています。

　それが、なんでか‥‥‥‥落ちちゃったわけです。
　地ベタに。
　ゴロンと。

　怖くなった僕らは、一目散にその場から逃亡！
　駐在さんは大大激怒！

　‥‥‥‥というわけで、逆らえません。
　「そーかそーか。やっぱり貼りたいか！」
　「住民の義務です！」「貼りたくてウズウズしてました！」

　「よし。じゃ、俺が貼ってやる」

　え‥‥‥‥‥。

　「あーーー、せめて真っ直ぐ貼ってくださいよ！」
　自転車のフレームに沿ってるならともかく、グダグダ！
　「ん〜〜〜イマイチ目立たないなー。フレームが丸いからなぁ」
　「フレームが丸いからじゃなく、**斜めに貼ったからでしょ？**」
　斜めすぎて『‥くりはし‥』しか見えません‥‥‥。なんだ、『く

114

りはし』って。
「自転車はダメか？」
　自転車がダメなんじゃなく、貼り方がダメなんだっての！

　駐在さん、あきらめて剥がすかと思いきや、
「鞄にも貼っとくか」
　なんと新天地開拓！
「ええええ‥‥‥鞄はカンベンしてく‥」
「拳銃窃盗‥‥‥少年院」
「貼ってください！　ぜひ！」

　しかし、こっちはこっちで。鞄の裏なんて広いんですから、真っ直ぐなら真っ直ぐ、斜めなら斜めに貼ればいいものを、なんともびみょ〜な角度に曲がっています。
　カッコワリ〜〜〜〜〜〜〜〜〜〜〜

「駐在さん‥‥‥図工、２だったでしょ？」
「１だ」
「‥‥‥‥‥‥‥‥‥」
　ものすごく納得。
　なのに、
「表にも貼っとこっと」
　やめてくり〜〜〜〜〜〜〜〜〜！

　貼られてしまいました‥‥‥。
　もちろん、表のヤツも微妙に曲がっています。図工１。

　まぁ、いいや‥‥‥‥。

「あ。ママチャリ。待て」

4章　報復合戦　115

「はい？」
「剝がしたりしたら、次はアロンアルファで貼るからな」

　　読まれてたーーーーーー！

　　千葉くんの鞄も同様。同じステッカーが同じようにヘタクソな角
度に曲がって貼られていたので、学校ではおかしな噂がたちました
・・・・・・・・・。

■21回戦
勝者：駐在さん〔◎11勝◉５敗△３分〕

22回戦

◆ぼくたちの攻撃『生物兵器』
⑤巻『第8章：すもももももも』より

　ずっと雨の日が続いていたということもありますが、それからしばらく、みんなは、『くりはし』キャンペーンを恐れて、駐在所に近づきませんでした。
「あんなもん貼られちゃたまんねー」わけです。

　ところが。雨が逆襲のチャンスをもたらしたのです！

　学校の裏は、誰が植えたのか紫陽花が勝手に増殖して、ちょっとした垣根のようになっているのですが、そこには毎年、ある生物が群がって、近隣から苦情が来ていました。
　ある生物とは・・・・・・・・・
　そう。紫陽花と言えばカタツムリ。デンデンムシです。

　これ以上、「ゆっくり走る」ステッカーはないわけでー。

　さっそく、みんなで捕獲にやってまいりました。
「うわ〜〜〜〜、ウジャウジャいるな〜〜〜〜〜〜」
　カタツムリも1匹ならカワイイものですが、群がるとさすがに不気味。ナメクジの仲間、ということが、よーく分かります。
「女もな〜、ひとりだとカワイインだけどなぁ〜。群がるとな〜」
　すぐに「女」に結びつけるのが西条くんですが。
　女が群がると？

4章　報復合戦　117

「ハーレムだな！」

　西条くんは、そんなもんだと思ってました‥‥‥‥。
「コラコラ、順番だ順番〜。とかってな♪」
　すでに、その世界へ旅立っている西条くん、
「あ〜〜〜粘液が〜〜〜〜粘液が〜〜〜〜〜♪」
　ここまでいけば、もはや能力です。

「西条。**カタツムリは雌雄同体**だぞ？　♀であり♂でもある」

「あ‥‥‥‥‥‥？」

「いいから、さっさと集めよう！」
「「「「おお！」」」」
　こうして、集めに集めたカタツムリ150匹！
　近隣の方も、喜ばれることでしょう。

　しかし、これだけ群れてうごめくと。
「ウ〜〜〜〜〜〜〜、キモチわる！」
「なんだよ、西条。ハーレムだぞ？　ハーレム」
「♂だと思うとキモチ悪い」
　分かるような。分からないような‥‥‥‥。

「じゃぁ、可愛くしよう！」
　と言うことで、1匹ずつカラフルにペイント。
　僕たちには、「実行には加担しないけど裏方ならやってもいい」という工作班『ノッポさん部隊（③巻より登場）』というのがありまして、こういう作業に長けています。

　出来上がりは、

118

「おお！　ノースキャロライナ＊！」

【＊ノースキャロライナ＝1968年、不二家から発売され大人気になった渦巻き模様のキャンディ】

まるでキャンディ！
めちゃめちゃキュート！
これなら、ぜんぜん気持ち悪くありません！……でした。

「なんか、アフリカあたりの新種に見える」
　などと、グレート井上くんが言うまでは・・・・・・・・・・。
「・・・・・・・・・・・」「・・・・・・・・・・・」「・・・・・・・・・・・」

　さらに１匹ずつに、『ゆっくり走ろう』シールを貼っていきまして、途中で飽きたので、全部とまではいきませんでしたが、100匹以上が『ゆっくり走ろう』カタツムリに。

　用意は万全。目指すは駐在所のシビックパトカー。
　駐在さんは、パトカーに鍵なんかかけません（まったくのどかな時代。この後からは鍵をかけるようになるのですが、それは置いといて）。

「放牧〜〜〜〜〜〜〜〜〜〜〜〜〜〜〜〜〜〜♪」

　カタツムリは、漢字だと『蝸牛』なので、放牧なのです。
　なにしろ「ゆっくり」してますから。そう簡単に動かないのですが、明日頃には、動くステッカー『ゆっくり走ろう』で、シビック牧場の中いっぱいに広がっていることでしょう。
　なんてファンタスティック！

4 章　報復合戦

ヨーデルの歌声が聞こえて来るかのようです！
♪ヨ〜ロレイヒ〜〜

‥‥‥‥‥‥‥‥と、思ったら。
意外に速い！　カタツムリ！（←本当。意外に速い）
僕たちが学校にもどろうとした頃には、ウヨウヨとフロントガラスをはっているのでした‥‥‥‥。

駐在さんが乗り込んだのは、その数分後。

「のわ〜〜〜〜〜〜〜〜〜〜〜〜〜〜！」

ミッションコンプリート！

「な、なんだこれは〜〜〜〜〜〜〜〜〜〜！」

ノースキャロライナです。
♪ヨ〜ロレイヒ〜〜

□22回戦
　　勝者：ぼくたち〔◎６勝●11敗△３分〕

23回戦

◆ぼくたちの攻撃『耐久戦』
⑤巻『第8章：すもももももも』より

　70年代の駐在所には、エアコンなんて気の利いたもんはありません。夏は窓を開けて扇風機！

　どうしても耐えられない時には、冷暖房のあるパトカーで警らに行くという「奥の手」を使っておられました。

　冬は、と言いますと、北国なら石油ストーブ。

　それだって使える灯油の量は決められておりますので、比較的使用量が自由な電気式の赤外線ストーブを足下に置くなどして暖をとられておりました。

　それでも、電気契約が20Ａとか、せいぜい30Ａでしたから、コピー機など電力を消費する（18Ａとかくう）物を使う時には、ブレーカーが落ちてしまうので、電気ストーブを切って使う、などという涙ぐましい努力をされていたものです。

　さて。

　北国では、梅雨明けから夏の訪れはあっと言う間。

　暖房を仕舞う間もなく扇風機、なんてこともよくあるのですが‥‥‥‥。

「ふぇ〜〜〜〜、今日も暑いな〜〜〜〜〜。加奈子〜〜〜。なんか冷たいもの‥」

「「おかえりなさ〜い。駐在さん」」

「げ！　西条、ママチャリ！　なんでキサマらがいるんだ？」

　善良な地域住民に対して、たいそうなご挨拶です。

4章　報復合戦　121

「実は、拾得物をお届けに・・・・・・・・・」と僕。
　本当は、逆襲に来たんですけどね（詳しくは⑤巻）。

「拾得物だぁああ？」
　駐在さんは、いかにも迷惑そうに言いました。
　こんな暑い日には、暑い事務所でのデスクワークよりも、カークーラーのあるパトカーで警らでもしていたいのです。

「チッ・・・・・・！」
　ほらね。

「よし！　なに拾ったんだ？」
「えっと。成人向け雑誌、です」
「ぁあ？　**またエロ本か？**」
「「はい〜〜」」

　駐在さん、疑いのまなざしで、書類を準備しました。
　警察は、届けられた物には手続きしなくてはならないのです。たとえそれが財布であれ、犬であれ、エロ本であれ。

「これ、10冊ほど・・・・・・・」
「10冊もっ!?」
「「はい〜」」
　疑いの眼差し50％増量。もともと2つしかありませんが。
　それでも、届けられた物は、手続きしなくてはなりません。

「そいじゃ、西条も一緒に書け！」
「へいへい・・・・・・」

「あ。特集名もいるんでしたっけね！」

122

「あ？　ああ、そうだ！　さっさと書け！」
　相当イライラきてます。
　なにしろ暑いですから。

「それにしても、今日は暑いな〜。まったく。ヤン坊マー坊はなに
やってんだ！」
　別にヤン坊マー坊が天気コントロールしてるわけじゃないんです
けどね。
「駐在さんは、クーラーのあるパトカーから降りて来たばっかりだ
から、そう感じるんですよ」
「あ、そうか‥‥‥‥それでか」

　実はちがいます。
　暑いのは、**電気ストーブがついているから**です。
　それも、密かに駐在さんの方を向いてますから、暑いのは当然。
体感温度は50℃超えてるんじゃないでしょうか？

「書きました！」
「よーし。ごくろう！　あとは帰れ帰れ！」
「いえ、終わったのは１冊目ですけど」
「さっさと書かんかーーーーーーー！」
　そうとうカリカリきてます。
　しかたありません。暑いですから。

「‥‥‥‥にしても、こんなに暑いのは初めてだな〜〜。あれかな。
フェーン現象ってヤツか？」
「かも知れません」
　ちがいます。**電気ストーブ現象**です。

「扇風機、『強』にすっか‥‥‥‥」

4 章　報復合戦　　123

「あ、それがいいですね」

電気ストーブも『強』なので。

扇風機ｖｓ電気ストーブ、世紀の「強」対決！

「やっぱ扇風機じゃサッパリだな。クソぉ〜。パトカーならクーラーついてんのに！」

　とうとうホンネが出る駐在さん。

「でも、奥様だって、扇風機でがんばられてるわけでしょう？　夏の料理とか、かなり暑いですよ？」

　ただし、奥様のところは、さすがに電気ストーブはついていませんが。

「ん……むぅ！　**余計なことはいいからさっさと書け！**」

　いらつきもピークなところで西条くん。

「あ、**字間違えた**…！」

「**んなにぃ！**」

　カリカリに拍車！

　こういった公文書は、字を間違えるとけっこう大変なのです。

　まず、取消線を引いてー。

「そこに拇印！」

「ここ？」

「そっちじゃない！　ココ！」

「あ、ここ？」

「そうだ！　んで、横に１行訂正！」

「ここだな？」

「**そうだーーーーーーーーーーーーー！**」

　まったく。普通に教えられないのでしょうか？

　駐在さんは、それ以降も暑い暑いを連発。

「ハァ〜〜〜〜。もう汗でグショグショだぞ」

　すぐ乾きます。

だって、電気ストーブついてますから。

　ところが、手持ち無沙汰で暑さに耐えられなくなった駐在さん。
「よし！　とりあえず、書きあがった分、コピーとっか」

　え・・・・・・・・・？

　そそくさとコピー機の前まで行き、
「お。こっちの方が心無しか涼しいな？」とか、スルドいことをの
たまいながら、コピー機の電源を入れました。

　カチッ！
　ウィイイイイイ‥

　コピー機のファンが動き出したとたん、

プツン‥‥
　ひゅ〜〜〜〜〜ん・・・・・・

「あ？　ブレーカー落ちたか？」

　ああ・・・・・・・・・
　そりゃそうです・・・・・・。電気ストーブついてますから・・・・・・・・。
　ヤベ〜〜〜〜〜

「お〜〜〜い、加奈子〜〜〜。ブレーカー上げてくれ〜〜〜」

　で。再びチャレンジ。
　コピー機、ON！
　カチッ！

4章　　報復合戦　　125

ウィイィ‥
プツン‥‥
「ありゃあ？」

ああ‥‥‥‥ブレーカーって正直‥‥‥‥‥‥‥。

駐在さんは、一連のタスク「コピー機、ON！」→「プツン」「あ
りゃあ？」を４回ほど繰り返し、

「加奈子ぉ～～、そっち炊飯器かなんか入ってるか？」
　奥さんは、
「なに言ってるの？　コッチはブレーカー別ですよ？」
　そうなのです。駐在所は住居部と事務所部分は、ブレーカーは
別々（←本当）。

「それもそうだな‥‥‥‥おかしいな‥‥‥‥」

　もう１度。
　コピー機、ON！→プツン

「んんんんんんんんんん？」

　そろそろ帰ろうっと‥‥‥‥‥‥。

「どうも、おじゃま‥」
「待て‥‥‥。オマエら‥‥‥‥‥‥」

☞☞☞☞

「あの～～～～‥‥‥‥」

「なんだ？　ママチャリ」

「暑いんですけど〜〜〜……？」

「夏だからな！」

　ちがいます。

　僕たちの目の前で、電気ストーブが煌々とついているからです。

「フェーン現象かな？」

　氷小豆など、ほおばりながら駐在さん。

　それからしばらくして、ブレーカーが落ちる原因が「真夏の電気ストーブ」であることを、ついにつきとめた駐在さん。

　僕と西条くんを、パイプ椅子に手錠でくくりつけると、めちゃめちゃ至近距離で、電気ストーブの電源を入れたのでした………。

あぢぃいいいいいいいいいいいいいいいいい

「せめて………あの………氷小豆………」

　息も絶え絶えです。

「ん？　待ってろ。そう言うと思って、オマエらの分は女房につくらせてる」

「ホ…………ホントですか………？」

　なんでしょう？

　この闇の中に、差し込む光は！

　ぱぁ〜　☆。.:*・.゜

「お待たせ〜〜♡　おしるこできたわよ〜〜〜〜〜」

　おしるこ………。

□23回戦

　引き分け　ぼくたち〔◎6勝●11敗△4分〕駐在さん

4章　報復合戦　127

5章
俺が法律

24回戦

◆駐在さんの攻撃『俺が法律』
②巻『第5章：花火盗人』より

　僕たちの高校は、かなりローカルな学校なので、徒歩通学が4割を占め、3割は自転車通。残りがバス通と電車通です。
　学校から駅までは、そこそこ距離がありますが、校舎が高台にあるため、ずっと下り坂。
　したがって、下校時は、自転車通が電車通の連中を後ろに乗せて、駅へと向かうのが代々の習慣みたいなものでした。

　我が校は共学校で女子の方が圧倒的に多いため、2人乗りは特に男子に限った話ではなく、ランクもありました。

［共学校2人乗りランク表］
Dランク：前男子＋後男子
Cランク：前女子＋後女子
Bランク：前男子＋後女子
そして2人乗りの最上級に君臨するのが、
Aランク：前女子＋後男子（ウェスト触り放題なので）

けれども、それも去年までの話。
今年、新しい駐在さんが赴任してからというもの、状況は一変。
駐在さん、2人乗りに、ものすごくうるさいのです。
駐在所は、下り坂の途中にあるので、簡単に見つかってしまいます。

もちろん、そんなことおかまいなしの「勇者」もいます。

5章　俺が法律　131

我々です！

　僕たちは、駐在さんが注意しに出ては来るものの、その時には「すでにそこを通過している」ということを、心得ておりました。
　つまり、止まるから悪いのであって、猛スピードで「聞こえないフリ」で通過すればいいのです。

「行っけーーーーーーーー！」
今日も僕の自転車の後ろには西条くん。Dランクです。

そしてこの日も、勢いをつけて駐在所前！
「コラーーーーーーーー!!」
駐在所前で叫んでる人がいますが、見えません聞こえません。風を切る音が大き過ぎて。

だって、風はともだちだもん！ （駐在さんは敵）

ところが！
「むぁてーーーーーーーーーーーー!!」

「ア……アレ？」
　なんと！　後ろから自転車で追いかけて来るではありませんか！敵が！

その速えーーの速えーーの！
さすが元陸上部です！（①巻）

こっちはママチャリ。

132

体力なし。
体育2。
あえなく捕まってしまいました……。

「フッフッフ。オマエらー。凝りもせず、よくもよくもよくも毎日毎日毎日………」
「もう少し多いよな？」「うん。繰り返しが足りない」
「カウントしてんじゃねぇよ」

「いいかオマエら。俺はな、なにもイヤガラセで、2人乗りを取り締まってるわけじゃないんだ………」
「え………そうなんですか？」
　イヤガラセだとばっか思ってました。

「あれは……最初の赴任地だった………。俺もその頃は、まだ若くって、住民に好かれたいばかりに、2人乗りは黙認してたもんだ………」

「………ある日な。俺の目の前を、オッカサンを乗せた息子が通りすぎた」

「俺は、それを微笑ましくさえ思って見逃した。そしたらな………その直後だった………」
「まさか事故に………」「遭われたんですか………」

「いんや。田んぼに落ちた」

「「はあ？」」

「そしたら、その母親が、**止めなかった駐在が悪い**、とか文句言

5 章　俺 が 法 律　　133

ってきやがって！　あのクソババァー！」

「・＿・」「・＿・」

「‥‥‥それ以来、俺は２人乗りだけは、ゼッタイ見逃さないと心に決めたんだ」

「感動しかけて損した‥‥‥」「俺なんかチョビっと涙ぐんじゃったぜ‥‥‥涙返せ」

「オマエたち！」

「はいはい」

　すでに聞く気も失せていたのですが。

「自転車には罰則がないから大丈夫、とか思ってるだろ？」

　ズボシ！

　でも、

「え？　そんなこと微塵も思ってませんけど？」

「そらもう反省しっぱなし。学校のプールより深く！」

「ずいぶんと浅いな。オマエらの反省‥‥‥‥。だがな、俺もいつまでも、オマエらを野放しにするつもりはない！」

「はぁ」

「普通、１回注意すれば、他のガキはおさまるもんだが。オマエらはちょっと違うようだから、罰則を考えてきた」

「「えーーーーーーっ？」」

　駐在所が単独で罰則考えるって‥‥‥‥。

「それでな。キミたち、今日は町内の掃除」

「「へ？」」

「えーっと。聴こえなかったかな？」

「え？　ええ‥‥‥」「ちょっと風の囁きが‥‥‥」

「キサマら今日は町内の掃除!!」

134

「‥‥‥‥‥聴こえたかな？」
「ええ。じゅうぶんに‥‥‥‥」

　　10分後─────────。
　商店街の道路を、ほうきとチリトリを持った感心な高校生が、せっせと掃除をしておりました。

「アラ。アナタたち。感心ねぇ〜」
「はい〜〜〜」「街は奇麗にしませんと〜〜〜」
　道行くオバさんに笑顔で挨拶しつつ。

「くっそぉ〜〜〜〜。みてろ駐在〜〜〜〜〜〜」

■24回戦
　勝者：駐在さん〔◎12勝◉６敗△４分〕

25回戦

◆ぼくたちの攻撃『一斉射撃』
②巻『第5章：花火盗人』より

翌日。

西条くんがヘンなものを持って登校しました。いえ、『○Mファン』とかの類いではなく。

「これを見ろ！」

「なんだ？　これ？」

それは金属でできた、奇妙なダイナモみたいなもので、

「これはな。俺が小学校のとき、マノック*から入手した万能型マッチって言うんだ」

【*マノック産業＝当時、ほとんどの少年雑誌に掲載されていたアヤしい通信販売。当時の少年たちにとって魅力的に映る商品の数々が、切手で購入できるというので人気があった】

「これはどんな天候でも、どんな強風でも火をつけることができる。これでな‥‥‥‥」

つまりは、自転車に乗ってても火がつく、ということ。

なにに火をつけるかと言いますと、

「ロケット花火！」

作戦はこうです。

まず、自転車Aの荷台に、ロケット花火の発射台を作ります。

パイプを10個繋げた、「ちょうど楽器のサンポーニャみたいな

136

形？」

こんなの！

「オレんちの方で、お盆にこんなの敷く」
「オレんちも！」
　人がせっかく奇麗に言ったのに‥‥‥‥。

　ロケット花火の推進力は、前にありますから、後ろを塞ぐ必要はありません。
　これでパイプの数（10本）だけロケット花火をいっきに飛ばすことができます。
　さらに、もう1台の自転車Bは、大量のロケット花火の在庫を持ち、伴走して手渡しします。いわば補給部隊。これで、在庫のある限り、連続で大量のロケット花火を発射できる、というわけです！

　題して、『織田信長も真っ青』作戦！

　さっそく1年坊のジェミー（丹下くん）を呼び出すと、
「いいか。この金で、ありったけのロケット花火買ってこい！」
「え？　なにするんですか〜？」
「んーー。大花火大会だよ、大花火大会」
「えーー。いいなぁ〜。僕もやりたいな〜〜」

「うん。いいぞ。お前も入れてやる」
「ヤッターーーー！」

5 章　俺が法律　　137

ホントに扱いやすい。コイツ。

　彼はメンバー1小柄だったので、自転車の後ろに乗せるにはたいへん好都合でした。

「じゃぁ、オマエ、在庫係な。さっさと買って来てくれ」

「わかりました〜っ！」

　　僕たちは、
　　先行隊→村山＆千葉
　　攻撃隊→僕＆西条
　　補給隊→グレート井上＆ジェミー
　　以上、3隊に分かれて自転車に分乗。
　　いざ駐在所前へと向かったのでした！

「本当に走るだけでいいんだな‥‥‥？」

「おお。村山たちは、そのまま逃げていいぞ」

「よくバカなこと考えるよ‥‥‥‥」

「花火大会たのしみですぅ〜〜」

　いまひとつ、まとまりには欠けましたが‥‥‥。

　　さぁ、いよいよ作戦開始！

「ジェミー、花火持ったな？」

「はい！　もーバッチリです！　けど、どこ行くんですか？　花火大会」

「いいから。お前は、俺らにロケット花火渡してくれればいいんだよ。10本ずつな。袋から出して渡してくれ」

「10本ですね？　わかりました〜」

　　先行隊・村山くんたちが猛烈なスピードで駐在所前を通りすぎると‥‥‥‥

「コラ〜〜〜〜〜〜〜！」

　駐在さんが出て来ました。作戦通りです！

「行くぞ！」「おお！」

　追っかけて、僕たち攻撃隊と補給隊2台が駐在所前を通り過ぎた
その直後、

「またキサマらかーーーーーーーーー！」

　昨日とまったく同じパターンで、駐在さんの自転車が追いかけて
来ました。

　待ってました〜〜〜♪

　僕たちは、2台並走のまま道路を左折。

　人通りのない通りへ移動。なにしろロケット花火。どこへ飛ん
で行くかわかりませんから。

　やがて家々が途切れたところで、

「ファイアーーーーーー!!」

　　ピューーーーーー

　　　ピューーーーーー

　　　　ピューーーーーー

　　　　　ピューーーーーー

　　　　　　ピューーーーーー

　駐在さんめがけて、ロケット花火が次から次へと発射！

「う、うわぁ〜〜！」

5章　俺が法律　139

あまりの驚きによろける駐在さん。効果は抜群だ!

「ちっ! 全弾よけやがったなぁー」
　というか、かなり明後日な方向に飛んでました。ロケット花火。
「よし! ジェミー、次よこせ! はやく!」
「え? は、は、は、はい!」
　ところが、ジェミーが渡したものは、
「な、なんだよこれ! 線香花火じゃん! ロケット花火よこせ
よ!」
「えっとぉ～～。あとロケット花火はありません」

「「「**はぁあ?**」」」

「なんでだよ! ありったけ買ってこいって言ったろ!?」「全財産渡
したんだぞ! コラ!」
「だって、センパイ‥‥‥‥大花火大会だって言うから‥‥‥‥ロ
ケット花火だけじゃつまんないじゃないですか～。それでいろいろ
と‥‥‥‥」
「「「**えーーーーーーーーーーーーっ!!!**」」」

「ドラゴンならいっぱいあります!」
「「「**バカーーーーーーーーーーーッ!!!**」」」

　　10分後――――――
　照りつける真夏の熱い日差しの下。前回よりはるかに広い範囲を
清掃する高校生4人の姿がありました。

「アラアラ。毎日感心ね～～」
「はい～～～」「街は奇麗にしませんと～～～」

140

■25回戦
勝者：駐在さん 〔◎13勝◉6敗△4分〕

26回戦

◆一般住民の攻撃『民意』
②巻『第5章：花火盗人』より

「あ、ホラ。神主さん、あの子たちだよ！」
「ほほぉ～」
　駐在所から神社前。
　蟬時雨の中を歩いて行くと、

「オニイチャンたち、こっちこっち！　こっち来て！」
「はい？」「俺たち……」「……ですか？」
　見れば、毎度掃除のたびに、褒めちぎっていくオバさん。
　わけもわからず、おそるおそる近寄ると、
「このオニイチャンたちねぇ。偉いんだよ～。毎日町内掃除してく
れて」
「「「「え？」」」」

「ほんとにねぇ。今時の若い人にはめずらしいよ！　そこの高校か
い？」
「え、ええ」「そうですけど」
　とにかくエライエライを連発。悪い気はしません。
　褒められると、
「いやいや。まぁ、地域住民として、当然のことをしてるだけです
よぉ～。僕たちぃ。なぁ？」
　西条くん。なにしろ褒められ馴れていませんから、有頂天です。
　よもや「自転車2人乗りの罰」などと言い出せるワケありません。

「そうかい？　心がけまでリッパだね～～」

「「「「いやいや〜」」」」

「それでね、アンタたちに相談なんだけど」
「はい？」「相談？」「なんですか？」

「ここの神主さんがね〜。もうお年を召しちゃってるんで、その上でこの暑さでしょ？　境内と特に階段の掃除がたいへんなんだって！」
「はあ・・・・・・・・・」
　傍から見る分には、お丈夫そうですが。
「それで今ちょうどアンタたちのこと話したとこだったんだよ〜」

「それでねぇ。今日は、ここの神社掃除してもらえないかねぇ？　アンタたち」

「「「「**はい？**」」」」

　そこは「心臓破りの階段」と言われる150段を超える階段がありました。
　じょ、冗談じゃありません！
　ついさっき、町内掃除して来たばっかり・・・・・・・

「お祭りも近いしねぇ。やっぱり清めておきたいでしょ？　**地域住民としては**」
「い、いや・・・・・・・」
　西条のアホが。つまんないこと言うから・・・・・・。

　ところが！
「すみませんねぇ・・・・・・。ありがとうございますぅ・・・・・・わたしもねぇ・・・・・・しんのぞうが弱いもので・・・・・・」

5 章　俺が法律　143

見るからに健康そうな神主さんが、先手を打って「御礼」を言ってしまいました‥‥‥‥‥。

　当のオバさんは、
「そいじゃ、がんばってね！　ほんっと、今時の若い人にはめずらしいよ。ごリヤクあるよ！　きっと！」

「‥‥あ。そうだ！　和尚さんにも紹介しなくっちゃね！」

この無宗教ババァがぁーー！

■26回戦
勝者：神主さん〔◎１勝〕

27回戦

◆ぼくたちの攻撃『金縛りの術』
②巻『第5章：花火盗人』より

「そりゃいいな！　わはははははははははははははははは！」

　これをヒーヒー言いながら大喜びしたのが、お祭りの警備に当たっていた駐在さん。

「笑いごっちゃねぇーーーーー！」

　僕らも高校2年生。もう、「お祭り」って歳でもなかったのですが、この年の夏祭りだけは違いました。

　なぜなら、**自分たちで掃除した神社だからです。**

　おせっかいな無宗教ババァと、健康的でしんのぞうの悪い神主さんのおかげで、3時間あまりに渡って奇麗にした神社。さすがにそれだけかかると、多少なりと愛着もわくってもんでしょう。

　それを。それを。そもそもの原因を作った駐在さんが、高笑いするなど、許されることでしょうか？

　当然、

「「「「ゆるせね〜〜〜〜〜〜〜〜〜〜〜〜！」」」」

　お祭りは、夜店がありますから武器にはこと欠きません。武器庫があるようなもんです。

　その数ある武器から僕たちが選んだのが、

「ソフトクリーム」

　ところで、お祭りの警護というのは、駐車場や人の流れを整理す

5章　俺が法律　145

る人、一定の場所に留まって、見張りみたいなことをするいわゆる立ちんぼ、さらには、会場内を歩いて見回るパトロール班などに分かれておりまして、一定時間でローテーションします。ずっと立ちんぼでは、食事にもトイレにも行けず大変ですから。

　駐在さんは、この時間帯は、ちょうど立ちんぼ。
　だから、僕たちは祭りに来ていた大勢の公衆の面前で高笑いされたワケです。思い出しても腹のたつ‥‥。

　ちょうどパトロール班が見回って来たのを見計らい、駐在さんの立ってるところへ！

「駐在さん。西条たち見かけませんでした？」
「なんだママチャリ。はぐれたのか？　わははは。高校生にもなって!?　わははは」
　いちいち癪にさわる言い方をするヤツです。
「見かけなかったぞ。ワタアメ屋にでも行けば指くわえているんじゃないか？　わはははははは」
　箸が転がっても可笑しい年頃か!?
　でも、笑っていられるのもここまで。

「うっ、は、腹が、腹がいたいっ」
「んあ？」
「ちゅ、駐在さん。す、すいません、トイレ行って来るんで、コレ、持っててください」
　手渡したのは２つのソフトクリーム。
「す、すぐもどりますから！」
　あっけにとられる駐在さんを残し、大急ぎで人ごみへ。

　残ったのは、両手に１コずつソフトクリームを持ったまま仁王立

146

ちの駐在さん。

「・・・・・・・・・・・・・・・・・・・・・・・・・・・・・・・・・・・・」

　まぁ〜、目立つ目立つ。

　祭りを行き来する人たちからは「なにこのおまわり、勤務中に！」な目、目、目。

　しかしソフトクリーム。水平を保たなくてはなりませんから、他に持ちようがありません。

　が、ソフトクリームが武器として真に恐ろしいのは、その後です。

　夜はいくぶん涼しいとは言え、そこは夏。やがてソフトクリームは溶け出し、ドロドロと手にかかり始めました。

　困った駐在さん、時おり知らぬふりをして、手にかかったクリームを舐めます。他に対処方法がありません。

　この頃になりますと、すでに何度もやられている駐在さん、これが謀略であることに気づきまして、

「くそぉ〜。覚えてろ〜〜、ママチャリ〜〜〜〜」

　今頃気づいたって後の祭り。もとい、真っ最中の祭り。

　恨み言を言いながらも、とうとうソフト本体も舐め出す駐在さん。

　やがてそこへこの計画がうまくいくための決め手となる人、つまり見回りのおまわりさんが階段を上って来ました。

「ご苦労さん！」

　相手はどうやら上司らしく、

「はっ！　おつかれ様です！　こちら異常ありません！」

　ソフトクリームを持ったまま敬礼する駐在さん。

「異常あるだろ、君ぃ〜！」

5 章　　俺 が 法 律　　147

□27回戦
　　勝者：ぼくたち〔◎７勝●13敗△４分〕

6章
工作班

28回戦

◆駐在さんの攻撃『未必の故意』
③巻『第6章：小さな太陽』より

駐在さんの「罰則」は、その後もエスカレートしていきました。

エスカレートしていった、ということは、「こっちもイタズラを繰り返した」ということですが、例によって、自分たちのことは水に流すので、意識としては「警察による一方的イヤガラセ」でした。

「便所掃除〜〜〜〜〜〜〜〜〜〜〜〜〜〜〜〜？」

それも駅の！

これをイヤガラセと呼ばずして、なんと呼びましょう？

この時の原因は、西条くんたちによる自転車の3人乗り。

「2人乗りは道交法で禁じられているが、3人乗りについては記載がない」などという、知ったかぶりのみの理不尽な理由で、西条くん以下、2台分6名が罰則を受けることになったのです。

この6名に僕は入っていなかったのですが、商店街で（仲間に）捕まり、まんまと駅へ。

駅に限らず、当時の公衆トイレというのは、現代の奇麗なトイレとは似て非なるものです。その名も「公衆便所」で、まさしく「便所」。

しかも真夏。その臭いたるやすさまじいもので、用をたすのも大変なのに。ましてや掃除。

でも、それを毎日やっていた人たちもいたわけです。むろん、この時はそんなとこまで頭がまわりませんでしたが。

6章　工作班　　151

駅にはゴム手袋が４つしかなく、僕たちは４人の実行部隊と、３人の草むしり部隊に分かれることになりました。
　運命のジャンケン！

ポン！

　‥‥‥‥なぜ、こういう時には負けてしまうのでしょう？　僕って。３人乗り、やってないのに。

　結局、中を掃除することになったのは、西条くん、久保くん、僕、と麻生くん。
　彼には、この直後に画期的ニックネームがつき、卒業までそう呼ばれることになるのですが、この時点では、まだ「麻生」くんでした。

　ゴム手袋をはめたものの、トイレの前で呆然とたたずむ４名。
「う〜〜ん。勇気いるなぁ〜〜‥‥‥‥」
「なんか、こうバリアはってあるよな。夏の便所‥‥‥‥」
「千尋の谷だよなぁ‥‥‥‥」
　４人は口々に、夏のトイレのおそろしさを語り合いましたが、そうこうしていると、ホームから出て来た若い女性がトイレに入って行ったのです。
　しかもこれが半端じゃなく美人だったものですから。
「‥‥‥‥‥‥」「‥‥‥‥‥‥」「‥‥‥‥‥」
　ジッと目で追う西条くんたち。

「よし！　ぐだぐだ言ってもはじまんねー！　やろう！」
「うん！　やろう！　すぐやろう！」
　トイレめがけて、駆けていきました！

152

「コラコラコラコラコラ！」と、駐在さん。

「はい？　なんでしょうか。僕たちトイレ掃除してきま～す」

「とか言って、お前ら、となりで聞耳たてるつもりじゃぁないだろうな？」

「「「え………」」」

どうやら図星。

「そ、そんな！　駐在さん、き、聞耳たてるだなんて！　ちゃんと掃除もしますよ」

なんだ、その「掃除**も**」って………。バレバレ。と言うか、どう聞いても「掃除」がついでで聞耳メイン。千尋の谷が聞いてあきれます。

「あのなぁ。それ**犯罪**だから。職業柄、見過ごせないから」

「え？　駐在さんも聴きたいってことですか？」

「バ、バカヤローーーーー!!　どういう耳だとそう聴こえるんだ？」

そうこう言っているうちに、女性はトイレを後に。

よかったですね。ご無事で。

「あーあ。駐在ぃ。千載一遇のチャンスを……！」

「馬鹿か！　西条。なにが千載一遇だ！　なんでこう男子高生ってのは………」

こうして「千載一遇の希望」も失い、ブツブツ言いながらもトイレ掃除開始。

が、少しして、そこへ駐在さんが入って来ました。

「お！　こら！　駐在ぃ！　まさか、掃除してる横で用足そうってイヤガラセじゃぁねーだろーな！」

希望が帰ってしまったので、気がたってます。

6 章　工作班　153

「そうだそうだ。てめー、ちょっとチン○、デカいからって自慢しに来たのか?」と、麻生くん。
　麻生くんは、小柄でせわしい「口から入るタイプ」で、僕たちの中では、普段は森田くんと同じ工作班「ノッポさん部隊」に属しています。

「ん? 麻生。デカいって? デカいのか駐在の?」
「え! その……こないだ病院のトイレで俺のとなりに来た時……ちょっと見えたんだよ!」

「はぁ? オマエ、なに男覗いてんだ?」
　どうせなら女を覗け、と言わんばかりですが。それでいいのか警察官。
「ほ、ほら。隣の芝生は、き、気になるだろうがよ!」
「あーー。オマエら若いからなー。気になるんだよなー。うんうん。覚えあるぞ。俺も」
　ここまでは、まぁ、「理解ある大人」でよかったのですが。
「でも大丈夫だぞ? 麻生。大きさ、たいして関係ないから。オマエくらい小ちゃくとも支障ないぞ」
「げ! 駐在も見てんじゃん!」
　しかも「チ○ポ小ちゃい」って公言されてます。麻生くん。
「いや、偶然目に入ったっていうか(当時の男子トイレは、今のようなパーティションがない)。まぁ、そういうコンプレックスって、あるもんだよな。若い時は」

「コ、コンプレックス………!」
　この言葉で小ささ確定。

「だがな、麻生。チャーリー・チャップリンって人を知ってるだろ?」

154

「ちゃ、ちゃっぷりん‥‥‥‥‥‥？」

「うん。チャップリンはな。小ちゃくて帽子かぶってたけど、世界的人物になったぞ」

いやいや‥‥‥‥駐在さん。

チャップリンが小さくて帽子かぶってるのは外見の話であって、そのまま○ンポにあてはめてどーする!?

さらに帽子かぶってることまで公言された麻生くん。たまりません。包○は、男子高生最大の屈辱！

僕たちは、この暴挙とも言える引用に一瞬無言になってしまいました。

‥‥‥‥が、言うまでもなく、その後、

大爆笑！

「そうかー。あはははははは。麻生、帽子もかぶってたのかぁ？」「ち、小ちゃくって帽子‥‥‥ヒィ〜〜〜〜」「わはははははははははは。ちゃ、ちゃっぷりん。さ、酸素足りねー、ケホケホ」「うっ、呼吸したくねーのに！　わははは。トイレで笑わすな！　駐在！」

この日から麻生くんのあだ名は「**チャーリー**」になったのでした。当然本人は不満タラタラ。屈辱のあだ名です。

「な、なぐさめになってねーよっ！　‥つうか、なぐさめんな！　バカ駐在！」

チャーリーくん。もっともなご立腹でした。

6 章　工作班　155

■28回戦

勝者：駐在さん圧勝〔◎14勝●7敗△4分〕

29回戦

◆ ぼくたちの攻撃『改造車』
③巻『第6章：小さな太陽』より

　現役警察官によって、屈辱のアダ名をつけられた麻生くん。
「わかるぞ！　チャーリー」
「いくらなんでも、あんまりだよな！　チャーリー」
「チャップリンはないよな！　チャーリー」
「元気出せよ！　チャーリー」

「テメェらも呼んでんじゃねぇかっ!!」

「だってな〜〜〜」「うん」
　こんな面白いニックネームが定着しないはずがありません。

「クソォ〜〜〜！　駐在〜〜〜〜〜〜！」
　チャーリーは、実行部隊ではありません。あくまで、裏方の工作班『ノッポさん部隊』です。
　が、さすがにこれには、大憤慨！
「復讐してやるぅーーーーーー！」

　工作班には、工作班なりの「復讐」があるわけです。

　狙いをつけたのが、駐在所の自転車。
　その名も『自転車2号』（名付けたのは、やはり駐在さん。2号という割合に1台しかない）。
　駐在さんは、元陸上部というだけあり、僕たちが2人（以上）乗りをしていると、とたんに自転車2号で追いかけて来て、捕まえま

6章　工作班　　157

す。

　ならば、
「補助輪をつける～～～～～～？」
「そう！　チャーリーなら、できるだろ？」
　なんたって工作班ですから。
　そもそも、チャーリーんちは、一番上の兄が自動車整備工場を経営しており、工具にもテクニックにもこと欠きません。
　なにより、チャーリー本人が、中学校で自動車を作ったという超高校級のメカニックなのです！

「もちろんだ！」

　グレート井上くんの家には、妹・夕子ちゃんがかつて乗っていた自転車があり、それに補助輪がついていました。それを駐在所の自転車２号に移植するわけです。が、夕子ちゃん自転車と自転車２号とは、車輪径がまるで違いますから、それなりの加工が必要なのです。

「さすがチャーリー！」
「たのもしいぜチャーリー」
「まかせたぞチャーリー」
「だから、チャーリー、チャーリー言うなーーーー!!」
　もう無理です。チャーリー。

　さすがノッポさん部隊。
　チャーリーには、１年生に、坂本くんという、家業が水道屋で「高校生のくせに溶接ができる」弟子がいて、わずか１時間ほどで29インチ径用補助輪を製作！　その技術力はハンパありません。
「お前のおかげだよ。坂本」

158

「いえ！　チャーリー先輩の腕っスよ！」

「お前まで、チャーリー言うな！」

だから、もう無理です。チャーリー。

工作班が製作したら、あとは実行班の仕事。

我々の作業は、このように、キレイに分業化されておりました。

が、今回は、チャーリー自ら仕掛ける、と言うのですから、大変な意気込みです。

「自転車２号、あるか？」

「あそこだ！」

「本当に大丈夫か？　チャーリー」

「ああ。２分で終わる！」

チャーリーが補助輪をつけている間、僕たちは、オマケでフレームに看板をつけて来ました。

『　**仮免許練習中**　』

□29回戦
　　勝者：ぼくたち〔◎８勝◉14敗△４分〕

6 章　工 作 班　　**159**

30回戦

◆駐在さんの攻撃『追跡』
③巻『第6章：小さな太陽』より

細工はカンペキ。

『仮免許練習中』は、実際の教習車についているものよりは、ひとまわりほども大きく、かなり目立ちます。

書体もバッチリ！　さすがノッポさん部隊！

自転車2号は、もともと駐在所前にありましたので、かなり目立ちます。

僕たちは、通りを歩く人たちがどんな反応をしめすか興味がわき、しばらくそれを観察しました。

これこそ「悪戯の醍醐味」でしょう！

商店街にある駐在所は、それなりに人通りも多く、たくさんの人たちが行き交います。

やがて、

「クスクス」

「なに？　これぇ？　やだぁ」

通る人たちが気づき始めました。

女子中高生の下校の時刻ともなってきますと、騒ぎはかなり大きくなり、

「え？　え？　なになに？　これぇ？」

「きゃはははは。おもしろ〜い」

「なんで？　ねぇ？　なんで？」

なにしろ「箸が転がっても可笑しい」んですから。

160

仮免許練習中の自転車が、可笑しくないはずがありません。
僕たちは、そろそろ「引き上げ時」です。

「あー。気づいた時の駐在の顔見たかったな〜」と、チャーリー。
気持ちは分かります。

が・・・・・・・・・・。それからちょっとして。
はるか後方から、
ガラガラガラ・・・・
という聞き覚えのない音が近づいて来ました。

「きっさまらぁーーーーーーーーーーーーー!!」

ゲッ！
なんとすぐ後ろに駐在！
補助輪つけたままで、全速力で追っかけてきているではありませんか！

見ることができました。駐在さんの顔。スッゲェ顔です！
ヤベェ〜〜〜〜

「に、逃げろ！」
ガラガラガラガラ・・
ものすごい音です。補助輪！

「アホ！　チャーリーが駐在の顔見たいなんて言うから・・・・・・・・・・！」
「そのせいじゃねーだろーーーーっ！」

6章　工作班　　**161**

駐在さん。よほど腹が立っているのでしょう。尋常な速度ではありません！

おそらく、世界中の補助輪つけた自転車の最高速度をマークしているのではないでしょうか？

「待てーーーーーーーーーー!!」

待ちませんって！

なんで警察官って、追っかけるのに「待て」って言うんでしょう？
当然ながら、待つくらいなら逃げません。

ガラガラガラガラガラガラガラガラガラガラ

着実に近づく補助輪の音！
ああ……補助輪の音がこんなに怖いなんて。

「むぁてーーーーーーーーーー!!」
「なんで僕たちって決めてかかるんですかぁーー！」
殿は例によって僕です。
勇気があるからじゃなく、単に体力と自転車の差。

「じゃーなんで逃げるーー!?」

するどい。
「追っかけてくるからでしょーがーーーーー」
ガラガラガラガラ‥

「そこで待ったら追っかけないでやるぅーーーー！」
「やなこってすぅーーーー」
「ほらみろぉー！　オマエら以外にいねーんだよーー！」
いい推理だ。まぁ、誰だって分かるでしょうけど。

162

ガラガラガラガラ‥

　補助輪つけた自転車で、爆走の駐在さん。もう道行く人、みーんなビックリふりかえります。

　そうこうしていると、ようやく左に曲がる小道がありました。かなりの急カーブ。
「相手は補助輪ついてる！　脇道に曲がれ！」
「「「「おお！」」」」
　そう。補助輪がついていると、自転車は曲がりにくくなります。

　そして駐在さんも‥‥‥‥と、思ったら。

「のわ～～～～～～～～～～～～～～～～～!!」

　グワッシャ！

　駐在さん。コーナーで転倒。
初めて見ました。転んだ警察官。
が。
駐在さん。起き上がりません。
倒れたまま。

　あ、あれ？
「ちゅ、駐在‥‥‥‥さん？」
動きません。

　僕たちは、ちょっと心配になり、自転車をＵターンさせて、少し駐在さんに近づきました。

6章　工作班　　163

「だ、だいじょうぶですか？　駐在さん‥‥‥」

　---へんじがない。ただのしかばねのようだ　▼---（Ａ）

■30回戦
　　勝者：ぼくたち〔◎９勝●14敗△４分〕

31回戦

◆駐在さんの攻撃『和平条件』
③巻『第6章：小さな太陽』より

しかし、この頃、僕たちは大きな「弱み」を抱えていました。
『修学旅行』です。
学校は、「問題を起こした生徒は連れて行かない」と豪語しておりました。
問題を起こさない生徒はいいのですが。

僕たちは、「警察官に怪我させた」わけで。これが問題じゃなきゃ、なにが問題だ、ってくらい大問題です。

「謝りに‥‥‥‥‥行く？」
「しょうがねぇな‥‥‥‥‥。チャーリーに成り代わって」
「西条も一緒だったろが！」
こういう時は、連帯責任。
‥‥‥‥と、奇麗ごと言ってますが、人数が多ければ多いほど、学校も「連れて行かない」わけにはいかなくなるだろう、という腹があります。

「あ。あの～‥‥‥」「ごめんくださ～～い‥‥‥‥」
弱々しく駐在所の前に立つ僕たち。

「入れ」

「はい～‥‥‥‥‥」
今回は、ノッポさん部隊も加わっており、人数が多いので、狭い

6章　工作班　165

駐在所は溢れんばかりです。

　僕たちを前に、ニコリともしない駐在さん。
「コレ、なんだと思う？」
　額にあてられたガーゼと絆創膏を指差しました。

「え、えっとー‥‥‥‥。こ、**恋のおまじない？**」
「あ、あーそうそう。ひ、額に好きな子の名前書いて絆創膏で２週間ふたしとくと恋がかなうってやつ！」
「そ、そう言えば、クラスの女子の間でおおはやりだーーー」

「ちがうわっ！」

「‥‥‥‥ガラスに３度、こすりつける‥‥‥‥だったかな‥‥‥‥」

「これはなぁー。怪我したんだよなぁー、怪我。自転車でころんじゃってなーーー」
「そ、それは災難でしたね‥‥‥‥」
「ウン。とんでもねぇ災難だった。なにしろ俺は、**自転車、練習中**なものでなぁー。うまく乗れねぇんだよなぁーー」

　ネチネチくるなぁ‥‥‥‥。
　どうにかこの状態を打開しないと‥‥‥‥‥。

「仮免許まではあるんだがな？」
「さ、さすが駐在さん‥‥‥‥ですね」「‥‥‥だな！」

「キサマら！　あれが本当に窃盗犯とか追わなきゃいけなかったら、どうなってたと思うんだ！」

「は‥‥‥‥‥はい‥‥‥‥‥」

「だ、だから詫びに来てんだろ？」
「そうだそうだ」
「バカ駐在‥‥‥‥‥」
極めて小声で反論する後ろのメンバーたち。

「んあ？　なんだって？」
「いえ。だから、申し訳なかったなぁ‥‥‥‥‥って。ところで、その‥‥‥‥‥」
「なんだ？」
「‥‥‥‥‥こ、これってもう学校に言っちゃいました？」
最も肝心な質問です。

「あ？　なんでそんなこと聞く？　めずらしいな。オマエらが学校気にするなんて。普段好き放題ないがしろにしてるクセに」
「え、いえ。別に‥‥‥‥‥‥‥‥‥」
「はは〜〜〜〜ん。なにか学校に伝わると不都合なことがあるんだな？」

げっ！　藪蛇です。

「ウン。明日あたり言っちゃおうかなぁ〜〜〜〜とか思ってたが」

ああ‥‥‥‥。修学旅行。風前の灯火。

「まーー。君らの心がけ次第では言わないでやらないでもない」
「な、なんでしょう？」
「ウン‥‥‥‥。パトカーがだいぶ汚れてきたしなー。今日、

6 章　工作班　　167

洗車しよっかなーって思ってたんだが‥‥‥‥」

　交換条件もちかけてきやがったーーーー！

「あ！　そ、それ！　やります！　なんか僕たち、すっごく車洗ってみたい気分だったんですよ〜」

「そうか？　そりゃ奇遇だなぁ」

「はい〜。奇遇ですね〜」

　こっちは人数がいます。便所掃除に比べりゃ軽いもの。

　なのに‥‥‥

「それから、ウチのスターレットも、**ここんとこワックスかけてなくて**な‥‥‥‥」

「あー。ワックスですね。はい。ワックス、かけます。かけます」

　便所掃除にくらべりゃ軽いもんです。

「そうかぁーーー。悪いなぁーーー君たちーーー」

　くそ。調子にのりやがって。こんな警察官アリか？

「ついでにな」

「はいはい」

「和菓子屋さんのカリーナも汚れてたなぁ‥‥‥‥ご主人、洗うひまもないほど忙しいって嘆いてたな」

「はぁ‥‥‥？」

「ウン。それからホラ。オマエらが世話になった本屋さんな。あそこのセドリックも泥かぶったまんまだったな」

「えぇええええええ‥‥‥‥」

　という成り行きで、商店街の車、ほとんどを洗車することになった僕たち‥‥‥‥。

便所掃除にくらべりゃ‥‥‥‥‥。軽くねーじゃん！
が、修学旅行には代えられません。

さっそく作業にとりかかろうとしますが。
「お、奥さんにはワックスかけなくっていいですか？」
孝昭のバカです。
「んなっ!?　たのむかっ！　バカ野郎！」
「そうそう。それは駐在さんが毎日かけてますよねっ！」
チャーリーのバカ‥‥‥‥‥。
「バカだなー。蠟燭とワックスはちょっと違うんだぞ？」
西条。さらにバカ。

「さっさとやれーーーーーーーーーー!!」

■31回戦
　勝者：駐在さん〔◎15勝●9敗△4分〕

6章　工作班　　**169**

32回戦

◆ぼくたちの攻撃『延長戦』
③巻『第6章：小さな太陽』より

　図に乗った駐在さんは、とうとう、
「オマエら。本署のパトカー、ワックスかけてこい」
「はああ？」「パトカー？」

　僕たちは、貴重な休日（当時は土曜日授業がありましたので）を、またしても洗車ですごすことになりました。

　もちろん、一同、不満タラタラです。
「駐在のヤロウ〜〜」「だいたい、こんなモノクロの車、洗ったってしょうがねぇよなぁ」
「よくここの署長も許可したよな。高校生に洗わせるなんてなー。考えらんねぇ！」

　しかしながら。決まったことをグズグズ言っても始まりません。
「キミたち〜。暗いと不平を言うよりもすすんで灯りをつけましょう、って言うだろ？」

「ぁあ？」「『心のともしび*』か！　テメェ！」

【*心のともしび＝カトリック系の宗教団体が行っている布教ラジオ番組。早朝午前5時くらいに始まり、高校生にとっては、この番組のオープニング、聖パウロの『暗いと不平を言うよりも‥』が聴こえてくると、一夜漬けの試験勉強が「手遅れ」状態であることを意味した】

西条くんも、
「そうそう。灯りをつけましょボンボリにって言うだろ？」
　それはただの『ひな祭り』。

「まぁまぁ。そう尖るな孝昭、洗車には洗車の『楽しみ』ってもんがある」
「洗車の？」「楽しみぃい？」
「そう！
　すすんで灯りをつけましょう！

「これを見よ！」

　西条くんの手には、「さらにとんでもねーグラビア」を超える「考えられねーグラビア」の束！
　ここに来る前に、西条くんと相談して、かの有名な『西条コレクション』から、よりすぐった（もはや用済みの）エログラビアの数々を用意したのです。

「コイツを、な‥‥‥‥？」
　ああ、「悪事の相談」って、どうしてこんなに楽しいのでしょう？

「おおっ！　それなら洗車も楽しいかも！」
「暗いと不平を言うよりもっ！」
「すすんで灯りをつけましょうっ！」
「聖パウロの言葉よりっ！」
（『心のともしび』より）

　それから僕たちは、聖パウロの言葉に従って、洗車したパトカー
１台１台の車検証の奥に「考えられねーグラビア」を挟み込んでい

6章　工作班　　171

きました。

　聖パウロも、エログラビアにまで適用されるとは、考えていなかったでしょう。

　むろん、車検は２年に１度（パトカーは８ナンバーなので２年に１度が車検）。その時にならないと発覚しません。

　その時、誰が恥をかくのか。どういう騒ぎになるのかもまったく不明。

　言うなれば、未来への遺産？

　こうして、昼までには、ワクワク楽しい洗車も終了し、僕たちは、警察の会議室に集められました。

「ごくろうだったな」

「いえいえ〜〜〜♪」「また２年後にやらせてください♪」

「２年後？」

「余計なこと言うな。バカ西条！」

　ところがところが！

　会議室で僕たちを待ち受けていたのは、いかにも偉そうな人と、そして、

　テーブルには、なんと人数分お弁当が！

「いやぁ、キミたち〜。ご苦労だったね〜。弁当用意したから。それから今日のバイト代も払うからね」

　いかにも偉そうな人が言いました。

　その横で駐在さん、

「それもちゃんと預金しろよ。ゆき姉の銀行にな」

（ゆき姉は③巻から登場する西条の知人）

　そうなのです。

これは駐在さんの気を利かせた演出だったのでした。

　ドラマだったらウルウルものですが、僕たちは一斉に青ざめました。
　だって、全てのパトカーに「考えられねーグラビア」を仕込んだ後ですから。

ヤベ～～～～～～～
　それならそうと早く言えよ！　駐在っ！

「‥‥‥‥ん？　どうした？　お前ら、うれしくないのか？」
「い、いえ‥‥‥。僕たち、ちょっと、拭き残しがあるんで失礼します！」
「ぁあ？　多少の拭き残しはいいぞ？　ママチャリ」
　そうはいきません！
　僕たちは全員大慌てで会議室を飛び出し、「考えられねーグラビア」回収に！

　が。時、すでに遅く、パトカー数台がすでにいなくなっていました。
　あまり知られていませんが、パトカーは出動するのです！

「まさか金もらえるとはな～～」
「なんでこう、駐在は早く言わねえのかなぁ‥‥‥。そういう大事なこと」
「いいから手分けして回収しろ！」

　回収できるだけはしましたが、
「な、何枚足りない？」
「1枚、2枚、3枚‥‥‥‥12枚、13‥‥‥‥」

6 章　工作班　　173

気分は番町皿屋敷のお菊さん。
「たぶん、4、5台分だと思うけど‥‥‥‥‥‥」
　お菊さんの場合は1枚でしたが、4〜5枚の「考えられねーグラビア」が行方不明！　と言うか、行方はわかってます。

出動したパトカーの中です。

　当然ですが、僕たちがパトカーにふれる機会は、もうおそらくありません。
　つまり回収の機会はない、ということです。

「ど、どうする？」
「どうするったって‥‥‥‥そのまま車検で恥かいてもらうしかないよ‥‥‥‥」

「こんなことなら、普通のエログラビアにするんだった‥‥‥‥」
　西条くんの反省点は少しヘン。

□32回戦
　勝者：一応ぼくたち〔◎10勝●15敗△4分〕

7章
団体戦

33回戦

◆駐在さんの攻撃『本土決戦』
④巻『第7章：のぶくんの飛行機』より

「ママチャリぃ！　待ちかねたぞ！」
駐在さんは、今日もお怒りです。
まったく、怒ってない日ってないんでしょうか？
「キサマらのせいだ！　バカ！」
「あ‥‥‥‥聞こえてました？」

　でも、今までどんなに怒っても、僕の下校を待ち伏せした、ってのはさすがになかった。
　当然のことながら、下校時というのは登校に次いで賑わう時間帯。その大勢の中から、警察官が1名を名指しで「待ちかねた」は、かなりインパクトあります。

　なぜそんなにお怒りか、と言うと、この前日、白バイに捕まった村山くんを助けるために、僕が交渉で駐在さんの名前と、署長さんの名前を勝手に出したからでしょう。たぶん。（④巻）

「オマエら。昨日、白バイになにした？」
　あ、当たりました。

　名前を出しただけならまだよかったのですが、その後がよくありませんでした。許してもらったのに、久保くんが、白バイのお尻にトイレットペーパーを仕掛けたものですから‥‥‥‥。
　走り去る白バイに感動の白線流し！
　風にはためく60メートル！

7章　団体戦　　177

あれに怒らない白バイ隊員はいないでしょう。

「あー、なんのことでしょーかーーー」
　それでもシラを切る僕と孝昭くん。

「俺の名前まで出して、白バイ騙したんだってな！」
「騙しただなんて‥‥‥。人聞きの悪い‥‥‥」
「オマエらが、人聞きのいいことをやったことがあるか？」
　難しい質問です‥‥‥。
「署長の名前まで出したそうだなあ！　ママチャリ。オマエだろ？」
「なぜ僕って決めつけるんです？」
「そういうウソ、平然とつけんのは、オマエしかいないんだよ！」
　どんどん賢くなってる駐在さんです。

「あー。それは違います。駐在さん」
「どう違うんだ？」
「署長さんのお名前を拝借したのは、駐在さんより偉いからです」
「ぁあ？」
「つまりーー。駐在さんが署長さん並みか、それ以上に偉ければ、署長さんの名前まで出す必要ないわけですよ。でしょ？」
「んんんん‥‥‥‥！」
「だから駐在さんが署長さん並みに出世していれば問題はなかったわけで、そういう意味ではーー‥‥‥」

「駐在さんが出世してないのが悪いんです」
「そうだぞ！　駐在が出世してないのが悪い！」
　同調する孝昭くん。

　ちょっとだけ考え込む駐在さんでしたが、

178

「なにワケのわかんねー理屈こねてんだ！　バカヤローー！」
論点ずらしの術、やぶれたり‥‥‥‥。

「とにかく、昨日いたやつ全員集めて駐在所に来い！　わかっ
たな！」
「はいはい‥‥‥‥‥」
「全員だぞ！　いいな！」
「はい‥‥‥‥」

「「「「え〜〜〜〜〜〜〜。出頭ぉ〜〜〜〜〜？」」」」
「だってさ‥‥‥」
「んーー。そういうことは秘書を通してもらわないと‥‥‥」
　いつからそんなに偉くなった？　西条。

「やっぱ60メートル白線流しはマズかったなぁ〜〜」
「シングルだからな」
「ダブルだったら、30メートルで済んだんだけどな」
　そういう問題ではない。

　結局、僕たちは、昨日、現場にいた村山くんと西条くん、久保く
んを加え、駐在所へ向かいました。

　しかし、月に何回出頭しているのでしょう？　僕たち。
　まるで塾に通うかのように警察に通ってます。
「これだけ通えば給料出てもよさそうなもんだ」
「ホントだな」
　出ないでしょう。

　やがて駐在所が見えてくると、駐在さんの不機嫌な理由のひとつ

7章　団体戦　179

がわかりました。

　なんと駐在所前に３台もの白バイが！

　おそらく、うち１台が、昨日の「白線流し」白バイ。

　でも、なぜに３台も？

　他にもパトカーが２台。尋常な数じゃありません。

　僕たちは、とりあえず外から駐在所の中をうかがいました。

「あー。いるいるぅ〜〜」

「うん。ウジャウジャいるな」

　駐在所は、もともとそんなにたくさんの椅子はありません。

　全折りたたみ椅子を出して座りきれないほどの「警察官」。

「うわぁ。あんなとこ入ってったら多勢に無勢でメッチャクチャに
やられるぞ」

「ああ。ただじゃすまないな」

「冗談じゃねーや！」

　そこで僕たちは、一旦学校までもどって、態勢を整えることにし
ました。

　どう整えたか、と言いますと、

人数を増やした

のです。それもハンパなく！

校内に残っている男子は、部活、生徒会活動を問わず集めに集め、

総勢60名。

これだけの人数があの小さい駐在所に入れるわけがありません。

しかも口の数はこっちが圧倒的に多くなります。

　ぼくたちは修学旅行の団体のようにして、駐在所へ向かいました。

「よーーーし。みんなーーー。別にしゃべんなくっていいからなーーー。お前ら『そうだそうだ』だけ言ってくれりゃいいから」
「「「「「「「「「「「「「「「「**うぃース！**」」」」」」」」」」」」」」」」

突撃ぃ！

「駐在さーん。全員つれてきましたーーーー」

「おお！　さっさと全員入れって‥‥‥‥**あ？**」
　入りましょう！
「みんなーーーー！　中入れってさーーーーーー」

「はーい。失礼しまーす」
　「失礼しまーす」
「失礼しまーす」「失礼しまーす」
「失礼しまーす」「失礼しまーす」「失礼しまーす」
　「失礼しまーす」「失礼しまーす」
　　「失礼しまーす」
「失礼しまーす」「失礼しまーす」
　「失礼しまーす」
「失礼しまーす」「失礼しまーす」

「ま、まままままま待て待て！　なんだオマエら！」
「え？　駐在さんが全員つれて来いって‥‥‥‥」
「ちょ、ちょ、ちょ、ちょっと入るな！　オマエら。出ろ！

7章　団体戦　　181

いったん外に出ろ！」

　しかし、これだけの人数。簡単には止まりません。

　もう、動き出した王蟲みたいなもんですから。

　車道にまで溢れ出た高校生の群れ！

「失礼しまーす」「失礼しまーす」

　「失礼しまーす」「失礼しまーす」「失礼しまーす」

「失礼しまーす」

　「失礼しまーす」「失礼しまーす」

　　「失礼しまーす」「失礼しまーす」「失礼しまーす」「失礼しまーす」「失礼しまーす」

　「失礼しまーす」「失礼しまーす」「失礼しまーす」

「失礼しまーす」「失礼しまーす」「失礼しまーす」

　「失礼しまーす」「失礼しまーす」

　後ろでは、すでにこぜりあいまで始まってます。

「押すなよ！　ばか！」

　「前、つめろーーーー！　前」

「イテーよ！　お前、なにやってんだ！」「右前、隙間あるぞー」

　「お前、体すこし斜めにしろよ。１人入れるぞ」

　駐在所はすでにギュウギュウ。通勤ラッシュの山手線みたいです。

　僕は、すでに駐在さんとビッタリくっついてる状態。

「な、なんだってこんな人数なんだ!?」

「だって全員集めて来いって。駐在さんが‥‥‥‥」

「「「「「「「「「「**そうだそうだ**」」」」」」」」」」

　全員唱和。

件の白バイ隊員さん。人垣の合間に発見。

「ここここ、こんなにはいなかったぞ!?」

「ヤだなぁ。おまわりさん。いたんですよ、実は。ものごとは心の目で見ないと」

「ここ、心の目ぇ？」

「「「「「「「「「「「**そうだそうだ**」」」」」」」」」」」

全員唱和。

「と、と、とにかく。出ろ！　外出ろ！」

　出ろったって、もともと道路に溢れちゃってるんですから。

「きょ、きょ、今日は解散だ！　お前ら！　帰っていいから！　解散！」

「え〜〜、わざわざ来たのに〜〜〜〜」

「「「「「「「「「「「**そうだそうだ**」」」」」」」」」」」

全員唱和。

■33回戦

勝者：ぼくたち〔◎11勝●15敗△４分〕

34回戦

◆駐在さんの攻撃 『諜報活動』
④巻『第7章：のぶくんの飛行機』より

　多勢に無勢で、窮地はのりきったものの、翌日からは、当然、普通の校門からの下校はできません。
　自分の学校なのに校門から出れない情けなさ。
「便秘のウンコの気持ちがわかるな・・・・・・・・・」
「コウモンがちがう」「知りたくねーよ。そんな気持ち」

　でも、校舎横の土手を下って（駐在さんのいない）街に出れば、僕たちはホラ、こんなに自由！
「下痢のウンコの気持ちが‥」
「それ以上しゃべったら置いてくぞ？　西条」

　この日は、西条くんたちと一緒に、レコード屋さんに行くことになっていました。
　そうです。「公害ブルース事件（①巻）」のレコード屋さん。

「やぁ、いらっしゃい！」
「「「こんちわ〜」」」
　いろいろ確執はあったものの（①巻）、やっぱり普段から来ている店は温かいもの。
「君たち。ちょうどよかった。今日、イーグルスの新譜が入ってねー」
「へーーー、イーグルス！」
　こんな田舎町だって、ウェストコーストの風は吹きます。
「ホテルカリフォルニ屋って言うんだけどね。なかなかいいから聴

184

いていかない？」

「カリフォルニアでしょ？　おじさん」

「そうそう。そのカリフォルニ屋」

　やっぱり田舎は田舎かも‥‥‥‥。

「じゃぁ、聴かせてもらおっかな」

「それじゃ、ちょっと待っててね」

　奥の部屋へと入るレコード屋さん。

「コレコレ！　これだよ」

　レコードを持ってきて、店のプレーヤーの針をおろしました。

「ゆっくり聴いてって。今、コーヒーでも入れるからさ」

「ホントですか？」「今日はずいぶんサービスいいなぁ」

「ハッハッハ。いつも、だろ？　い・つ・も」

　ホテルカリフォルニ屋は、意外に長い曲で、ようやっとエンディ
ングのツィンギターになったところで‥‥‥

「フッフッフ。捕まえたぞ。ママチャリ〜、西条〜」

「げ！　ちゅ、駐在!?」「な、なんでここが？」

　仰天の僕たち！

　ところが、これに答えたのは、駐在さんではなく、レコード屋さ
ん。

「ごめんよ〜。君たちぃ〜‥‥‥君たちが来たら連絡してくれって、
駐在さんにたのまれててねぇ〜」

　なんと！　レコード屋さんが通報!?

　コーヒーとかなんとか言って、奥の部屋に行ったのはそのため？

「おじさん、俺らを売ったわけ!?」

7 章　　団体戦　　**185**

「いや‥‥‥‥そんな‥‥‥‥売っただなんて‥‥‥‥‥‥」
「わっはっは。市民には通報の義務があるからなぁ～」
　高校生捕まえるために？
　し、信じられない‥‥‥‥！

「ご協力感謝します！」
　ニコニコと敬礼する駐在さん。

　でも、僕らの怒りの矛先は、やはり僕らを売ったレコード屋さん
です！
「なんで？　僕らお得意様でしょ？　それを‥‥‥」
「それがねぇ‥‥‥‥駐在さん、昨日、レコード買ってくれたん
で‥‥‥‥」
「え、クラッシック全集かなんかを？」

「いや。シングル１枚」

　えーーーーーー！
　500円で!?

　いえ、違います。レコードは仕入れて売ってるわけですから、
「そ、それでいくら儲かるわけ？」
「だいたい100円くらいかな～‥‥‥‥」

やっすっ!!

■34回戦
　勝者：駐在さん〔◎16勝●11敗△４分〕

35回戦

◆駐在さんの攻撃『秋の陣』
④巻『第7章：のぶくんの飛行機』より

　この時点で、最も駐在さんに「恨み」を抱いているのは、最初に捕まった西条くんでも、もちろん僕でもなく、ノッポさん部隊の麻生くん＝チャーリーでした。

　それはそうでしょう。
　つけられた屈辱のアダ名『チャーリー』は、今や学校中に広まり、男子はむろんのこと、女子や先生までが「チャーリーくん」とか呼んでる始末。
　当然のこと、「なんでチャーリーなの？」という疑問は抱くわけで、その都度、どこかでチャーリー・チャップリンの逸話＝「小さくて帽子をかぶっている」が語られるわけです。
　女子の多い我が校において、これ以上の恥辱があるでしょうか！

「オマエらが広めてるんだろうがーーーーー!!」
「まぁまぁ。そう怒るなって。チャーリー」
「そうだぞ？　怒るとチ○ポちぢむぞ？　チャーリー」

「え‥‥‥‥ホントに‥‥‥‥？」

　それだけに、チャーリーの駐在さんへの恨みは根深く、その分だけ戦いも激化することになりました。

　一方で駐在さん側も、『白線流し』されたイケメン・白バイ隊員の五十嵐巡査長が怒りの参戦！

7章　団体戦　187

戦線は、拡大の一途をたどり始めます。

　この日、五十嵐巡査長は、さっそく駐在所にやってまいりまして。
「先輩、捕まえたんですって？」
「おお。レコード屋に潜んでたとこ、ガラおさえたぞ！」
　潜んでたわけじゃないんですけど？

「キッサマらー！　こないだはよくもダマしてくれたなぁーー」
　五十嵐巡査長。駐在さんより若いせいもあってか、まぁ、クドク
ドクドクド、ネチっこいわネチっこいわ！

「「「どーもすいませんでした〜〜〜」」」
「心がこもっとらーーーーーん！」
「「「心よりすいませんでした〜〜〜」」」
「ナメとんのかぁーーーーーーー!!」
　かつて、僕たちの「心」が警察官に通じたことはありません。

　‥‥‥‥と。
　駐在さんたちの背中越し、窓の外で手をふっているヤツが見えま
した。

　チャーリーたち、工作班・ノッポさん部隊です。
　チャーリー、なにやらさかんに指差してますが……。
　指の先には、五十嵐巡査長の白バ……

「「「**んな！**」」」
　思わず声をあげる僕たち。
「ん？　どした？」
「あ、いえ」「なんでもありません」「心よりなんでもありません」

188

五十嵐巡査長のネチネチが続きます。
「だいたいなぁ、オマエら。白バイに悪さするなぞ、考えられんぞ！」
「白バイ？　白バイってなんです？」
「なんだとぉ！　本官が乗ってる白バイだ！　決まってるだろ！」
「どうですかねぇ～。おまわりさん、ホントに白バイ乗ってるんですか？」「だいたいにして、白バイ部隊ってのもあやしいよな」
「なんだとぉお！」
「本当は、消防署の人かなんかじゃないんですかぁ？」
「俺もそう思う」「僕も」

「キサマら！　どういうつもりだ！　ちゃんとそこに、白バ‥」
　ここまで言って、五十嵐巡査長は絶句！

「あ‥‥‥‥‥‥赤い‥‥‥‥‥‥‥‥」

　白バイは赤くなってました。タンク真っ赤っか。
「最近は消防署も750あるんですねぇ～」

　そうです。チャーリーくんたち、どこでどうやったかわかりませんが、僕たちが説教受けている間に、白バイのタンク、真っ赤に塗ってしまっていたのです。

「あああああああああああ!!　ほ、本官の白バイがぁあああああああああああ!!」

「赤バイでしょ？」

7章　団体戦　**189**

このドサクサで駐在所から逃れられましたが、それにしても、ノッポさん部隊‥‥‥
「チャーリー、やること派手だなーーーーーー」
「アハハハ。だいじょぶ。シンナー性のやつだもん。簡単に落ちるって！」

　しかし、チャーリーの予測とは裏腹に、翌日、駐在所前に停まっていた白バイは、少しピンクがかっているのでした‥‥‥‥‥。

■35回戦
　引き分け　ぼくたち〔◎11勝●16敗△5分〕駐在さん

★「小学館ジュニア文庫」を読んでいるみなさんへ★

この本の背にあるクローバーのマークに気がつきましたか? オレンジ、緑、青、赤に彩られた四つ葉のクローバー。これは、小学館ジュニア文庫のマークです。そして、それぞれの葉の色には、私たちがジュニア文庫を刊行していく上で、みなさんに伝えていきたいこと、私たちの大切な思いがこめられています。

オレンジは愛。家族、友達、恋人。みなさんの大切な人を思う気持ち。まるでオレンジ色の太陽の日差しのように心を暖かにする、人を愛する気持ち。

緑はやさしさ。困っている人や立場の弱い人、小さな動物の命に手をさしのべるやさしさ。緑の森は、多くの木々や花々、そこに生きる動物をやさしく包み込みます。

青は想像力。芸術や新しいものを生み出していく力。立場や考え方、国籍、自分とは違う人たちの気持ちを思い、協力しあうことも想像力です。人間の想像力は無限の広がりを持っています。まるで、どこまでも続く、澄みきった青い空のようです。

赤は勇気。強いものに立ち向かい、間違ったことをただす気持ち。くじけそうな自分の弱い気持ちに立ち向かうことも大きな勇気です。まさにそれは、赤い炎のように熱く燃え上がる心。

四つ葉のクローバーは幸せの象徴です。愛、やさしさ、想像力、勇気は、みなさんが未来を切りひらき、幸せで豊かな人生を送るためにすべて必要なものです。

体を成長させていくために、栄養のある食べ物が必要なように、心を育てていくためには読書がかかせません。みなさんの心を豊かにしていく本を一冊でも多く出したい。それが私たちジュニア文庫編集部の願いです。

みなさんのこれからの人生には、困ったこと、悲しいこと、自分の思うようにいかないことも待ち受けているかもしれません。どうか「本」を大切な友達にしてください。どんな時でも「本」はあなたの味方です。そして困難に打ち勝つヒントをたくさん与えてくれるでしょう。みなさんが「本」を通じ素敵な大人になり、幸せで実り多い人生を歩むことを心より願っています。

小学館ジュニア文庫編集部

Shogakukan Junior Bunko

★小学館ジュニア文庫★
ぼくたちと駐在さんの700日戦争 ベスト版 闘争の巻

2018年1月29日 初版第1刷発行

著者／ママチャリ
イラスト／ママチャリ

発行人／菅原朝也
編集人／庄野 樹
編集／村田汐海

発行所／株式会社 小学館
　　　　〒101-8001　東京都千代田区一ツ橋2-3-1
電話　編集　03-3230-5959
　　　販売　03-5281-3555

印刷・製本／加藤製版印刷株式会社

デザイン／山田満明

★本書の無断での複写（コピー）、上演、放送等の二次利用、翻案等は、著作権法上の例外を除き禁じられています。本書の電子データ化などの無断複製は著作権法上の例外を除き禁じられています。代行業者等の第三者による本書の電子的複製も認められておりません。
★造本には十分注意しておりますが、印刷、製本など製造上の不備がございましたら、「制作局コールセンター」（フリーダイヤル0120-336-340）にご連絡ください。
（電話受付は土・日・祝休日を除く9:30〜17:30）

©Mamachari 2018
Printed in Japan　　ISBN 978-4-09-231210-4